香港中小學 中華經典詩文 多媒體課程

視頻篇

蒲葦

——編著、主講

Sino United
Electronic Publishing Ltd.
聯合電子出版有限公司

香港中和出版有限公司
www.hkopenpage.com

序一
「紙電聲影」線上線下學經典

經兩年的努力，由聯合電子出版有限公司策劃統籌、香港中和出版有限公司參與合作的《香港中小學中華經典詩文多媒體課程》（以下簡稱《多媒體課程》）成功上線，紙本書同步面世。

《多媒體課程》依託香港首個知識服務平台——「知書」App，提供聲音、視頻等形式的中文粵語導讀、導賞課程和講誦範本，打造中華優秀經典作品在線課程，並有機結合港澳地區中小學中文教材及考試內容，由一線優秀教師擔綱主講，指導由淺入深的學習方法，幫助學生掌握經典作品核心、重點的內容，學會熟練運用考試技巧，獲得豐富的中文知識和閱讀經典的能力。

《多媒體課程》以普及和傳承、培育經典文化基因為目標，以數字學習、有聲閱讀結合視頻短片的科技方式，幫助和促進青少年學會閱讀經典、運用經典，達到知識學習、情感認同、心靈成長的目的。

《多媒體課程》包括三個項目，既各自獨立又可配套組合：

1.《香港中小學中華經典詩文多媒體課程——音頻篇》（在線粵語有聲課程）

項目組有幸邀得吳宏一、單周堯、張雙慶、李家樹、鄧昭祺、周錫䪖六名教授擔任學術評核顧問。香港大學賴慶芳博士受邀主持編委會，精選出百篇傳世佳作；賴慶芳、黃坤堯、招祥麒、曹順祥四位名師撰文並親身錄播講解，從時代環境、思想情感、寫作技巧和人生體悟等多個角度解讀名篇精華，探尋哲思妙義。課程緊貼中小學課本和考試內容，幫助學生準確理解中文經典，鞏固知識點，提高中文學習成績。每篇講解後並附十道問答題，學生可以自測對錯，瞭解學習的效果和水平。同時，音頻課程亦貼合港澳和大灣區用戶，滿足學生、青年和一般公眾隨時隨地、輕鬆、持續「學經典」的需求。

2.《香港中小學中華經典詩文多媒體課程——視頻篇》（在線粵語視頻課程）

　　視頻課程由香港中文科名師蒲葦先生選目並主講，涵括港澳中小學課程必學、公開考試必考的經典詩文一百篇。以真人講誦、同步字幕、影像特技的手法，創作、演繹出與香港中文教學結合的經典名篇導賞短片一百部，每部時長約五至六分鐘。短片以短小精悍、聲情並茂、適於朗讀為標準，藉助多媒體特效手段；粵語吟詠，精心錄製，配以雅樂和圖文，展現名作的吸引力和粵語獨有的聽覺磁力，使青少年和公眾愛上聆聽從而愛上閱讀，在聆聽和閱讀中領略中華經典的多重魅力，具有很強的感染力、親和力及易學易記的學習效果，亦適合一般讀者學習和欣賞中文經典作品。

3.《香港中小學中華經典詩文多媒體課程》配套紙本書二冊（可掃碼聽音頻看短片）

　　作為線上學習的配套產品，二冊紙書收入線上音視頻課程的核心內容，精心編輯，同步出版。紙本書寬鬆悅目，延伸學習，每篇文字均配二維碼提供掃碼收聽或收看功能，相同內容的電子書亦同步在「知書」App上線，從而形成了「紙電聲影」立體、新潮的閱讀學習新模式。這種融合傳統出版與互聯網平台的學習方式，希望能有效提升學生的學習能力和老師的教學效果。

　　總之，成為中小學中文學習線上線下結合的精品課程，是這套《多媒體課程》的目標。由於是初創和嘗試，目前的產品遠非完美，錯誤和缺陷在所難免，衷心期待讀者、用戶和行家的批評指正。

本書項目組
二零二一年六月

序二

五分鐘掌握文學經典

　　大約兩年前，應時任聯合電子出版有限公司總經理陳鳴華先生之邀，得以擔任《香港中小學中華經典詩文多媒體課程》（視頻篇）的主持及編者，能為中文教育貢獻綿力，實在深感榮幸。

　　過去兩年，我在詩詞歌賦的場景、情感、音節、章節中悠然神往，含英咀華之後，嘗試寫氣圖貌。一篇文章，多個故事，情感千迴百轉，智慧無窮無盡。具體而言，我成為了中國文學的導賞員，希望各位讀者，特別是青少年朋友，通過文學的真善美，可以讓人生更添姿彩，讓生活更有美感。

　　中國文學博大精深，我要出鏡，並在五分鐘之內讓觀眾掌握篇章精華，同時感到有趣，壓力非輕，一不小心，出鏡怕會變成「出洋相」。我這個導賞員有時也會懷疑自己的能力。幸好，陳先生盛意拳拳，一直認為我有資格做導賞員。課程得以由十篇，逐漸發展到一百篇，再配合書籍及其他媒介，正正式式成為一個文學教育的項目，我必須特別感謝陳先生的包容和看重。

　　項目最特別之處，是每篇文章皆附大約 5 分鐘的視頻導讀，希望藉此增加趣味和親切感，同學亦能迅速掌握經典金句，方便日後「拋書包」，打好語文基礎。

　　文學、科技、生活應用，愉快結合。我希望觀眾、讀者會特別留意項目的創新理念，並會對團隊的努力留下印象。一百篇之中，疏漏難免，期望讀者諸君多予鞭策，讓我們日後做得更好。

蒲葦

二零二一年六月

目　錄

第七章　宋代散文

第八章　宋代詩詞賦

第九章　元明清散文

第十章　元明清詩詞曲

第一章

先秦散文

莊子　逍遙遊

撰文：蒲葦

掃碼看視頻

📑 原文（節錄）

　　惠子謂莊子曰：「魏王貽我大瓠[1]之種，我樹之成而實五石[2]。以盛水漿，其堅不能自舉也。剖之以為瓢[3]，則瓠[4]落無所容。非不呺[5]然大也，吾為其無用而掊[6]之。」莊子曰：「夫子固拙於用大矣！宋人有善為不龜手之藥者，世世以洴澼[7]絖[8]為事。客聞之，請買其方百金。聚族而謀曰：『我世世為洴澼絖，不過數金；今一朝而鬻技百金，請與之。』客得之，以說[9]吳王。越有難，吳王使之將，冬與越人水戰，大敗越人，裂地而封之。能不龜手，一也；或以封，或不免於洴澼絖，則所用之異也。今子有五石之瓠，何不慮以為大樽而浮乎於江湖，而憂其瓠落無所容，則夫子猶有蓬之心也夫！」

　　惠子謂莊子曰：「吾有大樹，人謂之樗；其大本擁腫而不中繩墨，其小枝卷曲而不中規矩。立之塗，匠者不顧。今子之言，大而無用，眾所同去也。」莊子曰：「子獨不見狸狌[10]乎？卑身而伏，以候敖者；東西跳梁，不辟高下，中於機辟[11]，死於罔罟。今夫斄[12]牛，其大若垂天之雲；此能為大矣，而不能執鼠。今子有大樹，患其無用，何不樹之於無何有之鄉，廣莫之野，彷徨乎無為其側，逍遙乎寢臥其下；不夭斤斧，物無害者。無所可用，安所困苦哉？」

編按：經典詩文個別字詞寫法因版本不同而略有差異，本書各篇主要以香港教育局網站提供的版本為參考。

1　讀音：wu4〔胡〕
2　讀音：daam3〔擔〕
3　讀音：piu4〔嫖〕
4　讀音：kwok3〔廓〕
5　讀音：hiu1〔囂〕
6　讀音：paau2〔跑〕
7　讀音：pik1〔霹〕
8　讀音：kwong3〔曠〕
9　讀音：seoi3〔歲〕
10　讀音：sing1〔猩〕
11　讀音：bei6〔避〕
12　讀音：lei4〔里〕

🗐　內容大意

　　莊子生處動盪不安的時代，任他如何聰明勤奮，都未必能一展抱負。人世間怎可能有真正的逍遙？心靈自由只能在幻想裏翱翔，〈逍遙遊〉是一篇哲理散文，描述一種絕對自由、煩惱全消的境界。

　　這樣說或者有點抽象，換句話說，打破時間、空間的限制，打破世俗的對待、觀念，就能達到超脫的境界。作者以「小大之辨」貫穿全文，他指出美醜、貴賤、是非、生死都是等同的，因為大小、美醜、善惡等等都是主觀的。

　　莊子藉「大瓠」與「不龜手藥」的寓言，反駁惠子一直只從實用價值的角度看事物。然後，他再藉「樗」和「狸狌、犛牛」，說明無用才是大用，世人必須去除對實用價值的執着，才能達到逍遙的精神境界。

🗐　寫作特色

　　首先，文章以寓言寫成，想像豐富，饒具趣味。莊子的文章飽含哲理，但哲理往往抽象難明。於是，他借用寓言故事，生動而具體地帶出內容，司馬遷說，莊子寓言「皆空語無事實」，即俗語的「吹水唔抹嘴」。例如他寫惠子口中說的大瓠，現實中根本不可能有「五石大」（一石約 120 公斤），要將他當腰舟游於江湖，更加是超出常人所能。莊子論述，不避荒誕，想像力驚人，反而更顯奇特。

　　此外，文章先破後立，有助加強說服力跟層次。例如由惠子先說出看法，指出實用價值角度的「無用」；然後莊子以比喻反駁，再確立自己的觀點，帶出「無用之用」即是大用的道理。

　　為了化抽象為具體，莊子表述的時候亦善用對比，例如引「狸狌」同「犛牛」作對比，說明無用之用。接着又以「不龜手藥」的用法作對比：拙於其用，不過是做漂洗棉絮，只得極小報酬；善於其用，用以行軍打仗，更可獲封地。從而反駁惠子，應摒棄成見，因物為用。

🗐　生活應用

　　莊子教懂我們，看事物可以有很多不同的角度，一棵樹有用，可以做精美結實的家具，結果可能很快被人斬掉。另一棵樹外表雖不好，看似沒用，令人忽視，反而可

以得享「樹」年。同樣道理，很多價值判斷都是從人的角度出發，其實可能以偏概全，例如我們不斷追求世俗所謂「有用」的東西，好像功名、利祿，或是別人的掌聲，有時做過頭了，身心皆不由自主。

莊子說：神大用則竭，形大勞則敝。這個時候，莊子提醒我們要小心，不要身心俱疲，影響身體，成為功名利祿的奴隸。否則，真是捨本逐末，多少名利亦補不回來。反之，人需要一個獨有的心靈世界，可以放空自己，精神亦能更健康。

有時候通宵捱夜，身體已經出現不適的信號，我們更加要反思莊子的說話，小心身體，一起來早睡早起吧！

莊子　東施效顰

撰文：蒲葦、吳曉鋒

掃碼看視頻

📄 原文

　　西施病心而顰其里，其里之醜人見而美之，歸亦捧心而顰其里。其里之富人見之，堅閉門而不出；貧人見之，挈妻子而去之走。彼知顰美而不知顰之所以美。

📄 內容大意

　　所謂「若要人似我，除非兩個我」，同樣道理，「若要我似他，除非兩個他」。與其盲目模仿他人，不如保持個人風格。

　　提起西施，有誰不認識她？她就是四大美人之一，是春秋末期越國的絕色美人。相傳越王勾踐利用美人計，把她獻給了吳王夫差，夫差因而荒廢朝政，令勾踐有足夠時間東山再起，最終滅了吳國。可見西施的美貌，足以傾國傾城。

　　相傳西施有胸口痛的毛病，經常眉頭緊皺，是一位「病美人」，病弱時的姿態，美得令所有男士亦我見猶憐，希望保護她。同村裏，有一位名叫東施的女子，眼見西施的驚人美貌，亦就學着她的神情姿態，按着胸口，時刻雙眉輕皺，自覺只要學得惟妙惟肖，就能迷倒眾生。

　　東施本身樣貌不美，如此舉動反倒嚇怕了鄰里。有錢人嚇至雞飛狗走，將家中大門緊鎖；窮人看見她，則帶妻兒避走他鄉。其實，東施不明白西施的動人，是因為其天生麗質，她勉強模仿，結果弄巧成拙，不自量力。

📄 寫作特色

　　莊子借事說理，他並無直接寫東施貌醜，只是用其他人的行為作側面襯托，帶出切勿盲目模仿他人的道理。

　　結論是，「彼知顰美而不知顰之所以美」，就好像我們說的「知其然而不知其所以然」一樣，西施之所以吸引人，是多種條件加乘的效果。作者暗中指出，很多時候，

我們只是斷章取義，對人、對事的了解未夠深入，隨即就下了判斷。

生活應用

　　無論外表也好，生活目標亦罷，千萬不要人云亦云，這樣只會失去個人風格，花再多錢亦買不回來。每個人都應該先了解自己的特質，找出自己的優點，才會選對方向。想給人留下深刻印象，當然是好事，更重要的是，於過程中追尋自我的本色，才可以令人留下深刻又正面的印象。

左傳　曹劌論戰

撰文：蒲葦、吳曉鋒

掃碼看視頻

原文

　　十年春，齊師伐我。公將戰。曹劌[1]請見。其鄉人曰：「肉食者謀之，又何間焉？」
劌曰：「肉食者鄙，未能遠謀。」乃入見。問：「何以戰？」公曰：「衣食所安，弗敢專也，
必以分人。」對曰：「小惠未遍，民弗從也。」公曰：「犧牲玉帛[2]，弗敢加也，必以信。」
對曰：「小信未孚，神弗福也。」公曰：「小大之獄，雖不能察，必以情。」對曰：「忠之
屬也。可以一戰。戰則請從。」

　　公與之乘。戰於長勺。公將鼓之。劌曰：「未可。」齊人三鼓。劌曰：「可矣。」齊
師敗績。公將馳之。劌曰：「未可。」下視其轍，登軾而望之，曰：「可矣。」遂逐齊師。

　　既克，公問其故。對曰：「夫戰，勇氣也。一鼓作氣，再而衰，三而竭。彼竭我盈，
故克之，夫大國，難測也，懼有伏焉。吾視其轍亂，望其旗靡，故逐之。」

內容大意

　　〈曹劌論戰〉這篇文章，是講述當年齊國決定攻打魯國，魯莊公準備迎戰，這個時
候，有位魯國人名叫曹劌，希望出謀獻策。誰知身邊的人都勸他不要多管閒事，但曹
劌卻斗膽批評當權者的目光短淺，還堅持自己親自進行遊說。

　　他一見到莊公，就問他憑甚麼作戰。對方說，自己會跟臣子分享衣食等必需品，
曹劌嗤之以鼻，心想這種小恩小惠也能說出口，人民並無益處。莊公再讚自己誠心祭
祀，深信神靈會保佑，曹劌覺得這也是「太傻太天真」了，守禮節不難，單憑這樣就
要神明保平安，神明也太閒了吧？幸好莊公最後說，大小訴訟必定根據實情裁決，曹
劌認為他終於說出重點，所謂「得民心者得天下」，就跟隨莊公出征，到長勺應戰。

1　讀音：gwai3〔季〕
2　讀音：baak6〔白〕

起初，莊公性子急，一心想進攻，曹劌連番阻止，堅持要等齊軍擊鼓三次才出擊。齊軍敗走，莊公打算乘勢追擊，曹劌又阻止，決定要看清楚再追上去。最後魯軍氣勢強勁，竟然打敗比他們更強大的敵人。莊公才如夢初醒，問曹劌百般阻撓的原因。他說，戰爭靠的是士氣，齊軍第一次擊鼓時士氣最強，第二次時已減弱，到第三次，僅存的士氣亦消退了。相反，這時候我方儲滿能量，士氣最強，把握這時機出動，沒可能會輸的。

齊國畢竟是大國，有時會假裝打敗仗並暗裏埋伏，我方需觀察清楚才算穩妥。親眼見到他們的車輪痕跡亂成一團，軍旗又東歪西倒的，這才能確信齊軍真的是敗走。這個故事教會我們，小心駛得萬年船，如果沒曹劌在場，莊公這場仗應該會輸得很慘。

📑 寫作特色

首先，這篇文章善用對話來推進情節和刻劃人物。開首，曹劌跟鄉人對話，反映曹劌關心國家、有遠謀。接着詳寫曹劌與莊公的三次對話，莊公雖然昏庸無知，但尚肯虛心納諫，曹劌深明爭取民心在戰事中尤其重要，比莊公深謀遠慮得多。打仗時，曹劌簡短答「未可」、「可矣」，充分展現他冷靜謹慎、具卓越軍事才能的一面。最後由「公問其故」來引出曹劌對戰略獨到的見解。文中運用對話令人物形象更鮮明，情節更緊湊。

另一特色是敘事詳略得當，作者只是略寫戰爭經過，着重寫曹劌「論戰」部分。一開首，他劈頭就問莊公「何以戰」，直截了當地進入論戰環節。文中對打仗時的複雜情況略而不寫，只在後面解釋。曹劌面對莊公的問話，才詳細論述以弱勝強的戰略關鍵，來個戰後檢討，令主題一目了然。

📑 生活應用

我相信很多同學都試過類似的經驗：剛開始做一件事時，總是充滿澎湃的動力，後來「拖延症」突然發作，拖着拖着更洩了氣，最後事情就不了了之。正如曹劌所說：「一鼓作氣，再而衰，三而竭」，捉緊時機至為重要。在最有動力與勇氣時，一鼓作氣去完成要做的事，就有可能發揮至極致。把握時機之外，當然亦要學習曹劌的謹慎，看好形勢才出擊，因為機會永遠是留給有準備的人的。

論語　論仁

撰文：蒲葦

掃碼看視頻

📄 原文

1. 子曰：「不仁者，不可以久處約，不可以長處樂。仁者安仁，知者利仁。」

（〈里仁〉第四）

2. 子曰：「富與貴，是人之所欲也；不以其道得之，不處也。貧與賤，是人之所惡也；不以其道得之，不去也。君子去仁，惡乎成名？君子無終食之間違仁，造[1]次必於是，顛沛必於是。」

（〈里仁〉第四）

3. 顏淵問仁。子曰：「克己復禮為仁。一日克己復禮，天下歸仁焉。為仁由己，而由人乎哉？」顏淵曰：「請問其目。」子曰：「非禮勿視，非禮勿聽，非禮勿言，非禮勿動。」

顏淵曰：「回雖不敏，請事斯語矣。」

（〈顏淵〉第十二）

4. 子曰：「志士仁人，無求生以害仁，有殺身以成仁。」

（〈衛靈公〉第十五）

📄 內容大意

　　文章選段節錄自《論語》，標題「論仁」是由節錄者所加的。「仁」是孔子學説的中心思想，亦為儒家倫理道德的總綱，以及人格修養的最高標準；實踐「仁」是君子應有的責任與道德操守。節錄從個人道德與待人接物兩方面，説出「仁」的內涵跟實際表現。

1　讀音：cou3〔躁〕

孔子説，只有仁者能安貧樂道，而達到仁德的綱領是「克己復禮」，即是克制私欲，相當於「心靈淨化」，令言行回復到合禮上。從另一方面説，則是「非禮勿視，非禮勿聽，非禮勿言，非禮勿動。」即一切行為舉止均合乎禮。

孔子提到安仁、利仁、害仁、成仁四個概念，可以説是我們反省時的四個方向。安仁是指，當我們實行仁德時，就會感到心安理得；利仁是明白到實行仁德對自己、對其他人都有利，一定要盡力實行；害仁是指一些人為求生存，所作所為違反仁德原則；成仁是指寧願犧牲生命，亦要實踐仁德。

寫作特色

《論語》是語錄體散文，特點是採用對話形式及文句精簡，最重要是將深奧的人生哲理變得簡單易明。因此，其寫作特色亦較為務實，一般通過對比、映襯，去説明道理。對比的好處在於簡單而清晰的表現兩種事物的本質，從而強化自己一方的論點。例如通過仁者跟不仁者的對照，説明成為仁者的重要性。

説理之時，運用對偶句及排比句亦可加強語氣，例如「非禮勿視，非禮勿聽，非禮勿言，非禮勿動」，使文章讀來節奏更明快。

生活應用

有位學生跟我説：「老師，我是一個『宅男』，經常一個人『宅』在家裏打電玩，我沒朋友，又不出門，我真真正正做到『非禮勿視，非禮勿聽，非禮勿言，非禮勿動』，那我算不算是仁者？」我説：「當然不算。國學大師南懷瑾指出，『仁』字拆開，就是二人成仁，要做個仁德之人，一定要兩個人以上。孔子説『仁者，愛人也』；愛護人，有惻隱之心，得有個對象去實踐。終日『宅』在家裏，不如出去愛護別人、認識社會、服務社會。」

學生説：「老師，我知錯了。那我把遊戲機送人，實踐仁愛。」我讚賞他：「孺子可教也」。

論語　論孝

撰文：蒲葦

掃碼看視頻

📄 原文

1. 孟懿子問孝。子曰：「無違。」

   樊遲御，子告之曰：「孟孫問孝於我，我對曰，無違。」

   樊遲曰：「何謂也？」子曰：「生事之以禮；死葬之以禮，祭之以禮。」

   （〈為政〉第二）

2. 子游問孝。子曰：「今之孝者，是謂能養。至於犬馬，皆能有養；不敬，何以別乎！」

   （〈為政〉第二）

3. 子曰：「事父母幾¹諫，見志不從，又敬不違，勞而不怨。」

   （〈里仁〉第四）

4. 子曰：「父母之年，不可不知也。一則以喜，一則以懼。」

   （〈里仁〉第四）

📄 內容大意

《論語》大約成於春秋末年至戰國初年，由孔子弟子跟他們的弟子編成。《論語》屬語錄體散文，共二十章，記載孔子及其門下弟子的言語行事。這四段是節錄，標題「論孝」由節錄者所加。

文中講述，孔子在馬車上為兩個學生上了一課。所謂「孝」，為「仁之本」，是為人子女應盡的孝道。要實踐孝道，首先可分兩方面，一是在父母生前以禮事奉，二是當父母百年歸老之後，亦應當以禮事奉，以禮祭祀。

1　讀音：gei1〔基〕

很多人都覺得，我給很多家用，怎會不孝順呢？但是，孔子提醒我們，最重要是心懷敬意，而不是單從物質上滿足父母的需要。簡單來說，就是要多關心父母，常常將他們記在心上。即使父母有過失，亦應當委婉勸諫，絕對不應該呼呼喝喝。

寫作特色

《論語》的章節較為短小，每一章內容獨立。《論語》分為二十篇，各篇一般都以第一章開頭的兩個字或三個字為篇名，如全書首篇〈學而〉中，其第一章第一句是「學而時習之」，所以就以「學而」為篇名。

《論語》收錄孔子與弟子的日常對話，平白自然，屬罕見而特別的文學手法。孔子說話時，有時會用比喻，讓弟子易於明白抽象的道理。例如他說，如果對父母只想盡供養的責任，就跟養狗、養馬無任何分別，令弟子加以反思。

《論語》中常見的亦包括對比手法。例如「父母之年，不可不知也。一則以喜，一則以懼」，就是喜與懼的對比。

生活應用

在我教這課書的時候，很多同學都以為這一句有矛盾，不明白為甚麼會「一則以喜，一則以懼」，又喜又懼，究竟是哪個？

其實這句話並無矛盾，只是代表了一種複雜的心情，就好像我們說百感交集一樣。父母年紀增長，到了某個歲數，身體仍很健康，是可喜之事。不過，想到父母年歲增長，同時亦代表他們愈來愈老邁，病痛將會愈來愈多，又有些擔心、驚懼。喜懼兩種感覺，原來可以並存。

論語　論君子

撰文：蒲葦

掃碼看視頻

📋 原文

1. 子曰：「君子不重則不威；學則不固。主忠信。無友不如己者。過則勿憚改。」

（〈學而〉第一）

2. 子曰：「君子坦蕩蕩，小人長戚戚。」

（〈述而〉第七）

3. 司馬牛問君子。子曰：「君子不憂不懼。」

　曰：「不憂不懼，斯謂之君子矣乎？」子曰：「內省不疚，夫何憂何懼？」

（〈顏淵〉第十二）

4. 子曰：「君子成人之美，不成人之惡。小人反是。」

（〈顏淵〉第十二）

5. 子曰：「君子恥其言而過其行。」

（〈憲問〉第十四）

6. 子曰：「君子義以為質，禮以行之，孫以出之，信以成之。君子哉！」

（〈衛靈公〉第十五）

7. 子曰：「君子病無能焉，不病人之不己知也。」

（〈衛靈公〉第十五）

8. 子曰：「君子求諸己，小人求諸人。」

（〈衛靈公〉第十五）

📄 內容大意

「君子」是儒家理想的人格，這一篇從為學修身、言行處世方面，説明「君子」的本質跟應有的行為態度，從中亦比較「君子」與「小人」的分別。

簡單來説，君子要自重，儀表亦要莊重而有威嚴，做事問心無愧，心境既不憂愁，也不畏懼。君子待人忠信，態度誠懇，行事有禮，幫助別人做好事，不慫恿別人做壞事，而且勇於改過。君子討厭言過其實，着重實踐，不作空談。嚴於律己，只會擔心自己才能及學問不足，不會擔心別人不賞識自己。

最後説到君子與小人之間，則有很大的分別。君子胸襟廣闊，目光遠大，對自己要求嚴格；小人則心胸狹窄，目光短淺，只懂得向人提出苛刻的要求。君子做事以道義為準則；小人做事則只知道追求利益。

同學們，你覺得很難成為君子？其實我也做不到。或許這樣説，君子的標準如此高，能做到五成，該當是名君子了。或者，用另一個角度看，做不到君子也不要緊，千萬別做小人就好了！

📄 寫作特色

為便於説理，《論語》常用對比手法。對比的好處在於簡單而清晰地表現兩種事物的本質，從而強化自己一方的論點，文中最為明顯的對比莫過於通過君子與小人的不同對照，説明成為君子的重要性。

📄 生活應用

有一次，偶遇一位相熟的朋友，我説：「好久不見，你健碩了不少呢！」怎料他説：「我是君子嘛！以前我們也學過，君子不重則不威嘛！」原來他開了個玩笑，笑言君子要威，所以要增加體重。我不得不讚賞這位朋友的幽默感！

其實他説出了我們日常生活用語中，一字多義跟一字多音的情況。例如「君子不重則不威」一句中的「重」字，分別可以代表重申、重踏；或者重量；或者重點、莊重。

「君子不重則不威」，是指君子如果不夠莊重，就顯不出威嚴了。漢語在這方面，有時真的會演繹出幽默笑話，大家笑一笑，關係更美妙！

孟子　論四端

撰文：蒲葦、吳曉鋒

掃碼看視頻

原文

孟子曰：「人皆有不忍人之心。先王有不忍人之心，斯有不忍人之政矣。以不忍人之心，行不忍人之政，治天下可運之掌上。所以謂人皆有不忍人之心者，今人乍見孺子將入於井，皆有怵[1]惕[2]惻隱[3]之心——非所以內交於孺子之父母也，非所以要[4]譽於鄉黨朋友也，非惡其聲而然也。由是觀之，無惻隱之心，非人也；無羞惡之心，非人也；無辭讓之心，非人也；無是非之心，非人也。惻隱之心，仁之端也；羞惡之心，義之端也；辭讓之心，禮之端也；是非之心，智之端也。人之有是四端也，猶其有四體也。有是四端而自謂不能者，自賊者也；謂其君不能者，賊其君者也。凡有四端於我者，知皆擴而充之矣，若火之始然，泉之始達。苟能充之，足以保四海；苟不充之，不足以事父母。」

內容大意

楊伯峻於《孟子導讀》中提出：「這一章是孟子性善的理論精髓。」這個論點，對後世影響深遠。

孟子舉了個例：如果看見一個小孩子快要掉落井裏，任何人亦會產生同情心。這樣並不是為了與其父攀附關係，又或博取鄰居好感。那一刻事出突然，試問又怎會有這麼多考慮？從這個例子中可見，孟子相信人性本善，亦認為以下四種心是人與生俱來的，分別是：惻隱、羞惡、辭讓、是非之心。

惻隱指的是同情心，視為仁的開端；羞惡即羞恥、厭惡之心，是義的開端；辭讓即謙遜、退讓的心，為禮的開端；是非即分辨是非、善惡的心，是智的開端。四端會萌芽出仁、義，禮、智四種品格。

1　讀音：zeot1〔卒〕
2　讀音：tik1〔剔〕
3　讀音：cak1jan2〔測忍〕
4　讀音：jiu1〔腰〕

　　孟子最後勸勉大家，擴充四善端才可以安定天下；否則就連供養父母這麼簡單的事亦做不好。

📖 寫作特色

　　文中用了很多生動的比喻，如「人之有是四端也，猶其有四體也」，就以與生俱來的手足來比喻四端；而「若火之始然，泉之始達」則以火焰開始燃起而必成強勢、泉水剛湧出而必成江河，來比喻擴充四端的效用。其比喻貼切，能具體説明抽象的道理。

📖 生活應用

　　如果每個人都抱持自私自利的心態，人與人之間只會互相猜疑，繼而衝突，惡習會漸漸淹沒仁、義、禮、智的美德。

　　各位同學，請緊記孟子所説，良心發現是一種本能，做事不應只顧眼前利益，就算有些許犧牲，亦不必過於介懷。由個人做起，當其他人覺得名成利就就等於成功，千萬不要接受這種膚淺看法，其實發揚善心亦是一種成功，推己及人，人心向善，世界才能變得更有愛。

孟子　寡人之於國也

撰文：蒲葦、吳曉鋒

掃碼看視頻

📑 原文

梁惠王曰：「寡人之於國也，盡心焉耳矣。河內凶，則移其民於河東，移其粟於河內；河東凶亦然。察鄰國之政，無如寡人之用心者。鄰國之民不加少，寡人之民不加多，何也？」

孟子對曰：「王好戰，請以戰喻。填然鼓之，兵刃既接，棄甲曳兵而走，或百步而後止，或五十步而後止，以五十步笑百步，則何如？」

曰：「不可。直不百步耳，是亦走也。」

曰：「王如知此，則無望民之多於鄰國也。」

不違農時，穀不可勝食也；數罟不入洿池，魚鱉不可勝食也；斧斤以時入山林，材木不可勝用也。穀與魚鱉不可勝食，材木不可勝用，是使民養生喪死無憾也。養生喪死無憾，王道之始也。

五畝之宅，樹之以桑，五十者可以衣帛矣；雞豚狗彘之畜，無失其時，七十者可以食肉矣；百畝之田，勿奪其時，數口之家，可以無飢矣；謹庠[1]序之教，申之以孝悌之義，頒白者不負戴於道路矣。七十者衣帛食肉，黎民不飢不寒，然而不王者，未之有也！

狗彘食人食而不知檢，塗有餓莩[2]而不知發。人死，則曰：『非我也，歲也。』是何異於刺人而殺之，曰：『非我也，兵也。』王無罪歲，斯天下之民至焉。」

📑 內容大意

戰國時代，諸侯為了壯大實力，千方百計吸引人口，希望吸引多些人「移民」過

1　讀音：coeng4〔祥〕
2　讀音：piu5〔剽〕

來。梁惠王非常憂愁，自覺已經盡力處理饑荒，但人民仍是沒有增加，於是便請教孟子。孟子無直接指責他，而是說了個故事來引導他：打仗時，兩個士兵逃跑，一個逃跑了一百步，另一個則是五十步。他問梁惠王，覺得哪個士兵比較可惡？王答，兩個皆可惡，因為都是這麼狼狽，兩者並無分別。

孟子特地提出這個簡單的問題，讓梁惠王重拾自信，然後才說：「你明白就好了，如果民生亦處理不當，人家又怎會願意來投靠？」

接着，孟子宣揚「仁政」的理念：收成的時節，不該徵調人民服役；禁止使用細密的漁網去捕魚，避免過度開伐樹林，那麼食物與木材就會充足。人民如果對生養死葬並無不滿，就是「王道」。

捉緊種植的時機，安排栽種桑樹、飼養雞豬等家禽，人民就能衣食無憂；辦好教育，年青人就能學會孝敬之道，這樣才能得民心。孟子還說，不要一直埋怨收成不好所以遍野饑荒，其實只因沒行仁政所致。

🗐 寫作特色

孟子因勢利導，他知道梁惠王好戰，就假意投其所好，以戰爭作比喻，述說「五十步笑百步」的故事，先引起對方興趣，再用類比論證指出他的施政跟其他國家無分別，暗諷他不夠盡心，順勢帶出施行「仁政」的具體方法，逐步說明得民心的重要，很有層次感。

🗐 生活應用

各位同學，文章中的梁惠王明顯是只希望得到認同，但又做不到推己及人。

其實，與其妒忌別人的成功，不如做好本分，提高對自己的要求。有些同學覺得：「我已比他勤力了，為甚麼每次考試亦不如他優秀？」同學又可有反思，勤力之餘，是否其讀書方法不如別人好？朋友之間與其互相取笑、妒忌，不如彼此鼓勵，檢討自己不足的地方，共同進步。

孟子　揠苗助長

撰文：蒲葦、吳曉鋒

掃碼看視頻

原文

宋人有閔其苗之不長而揠之者，芒芒然歸，謂其人曰：「今日病矣！予助苗長矣！」其子趨而往視之，苗則槁矣。

天下之不助苗長者寡矣。以為無益而舍之者，不耘苗者也；助之長者，揠苗者也。非徒無益，而又害之。

內容大意

「揠苗助長」這個成語流傳已久。「揠」，音壓，亦即「拔」，因此又作「拔苗助長」，出處就是孟子了，意思是為求速成而不肯循序漸進，反而帶來了反效果。

從前有個宋國人，嫌棄自己田中的禾苗生長得太慢，他靈機一動，將苗逐棵拔高。忙了整日，更向家人炫耀：「今天這麼累亦值得的，全靠我禾苗才快速長高了一截，加快了收成。」他的兒子聽後，有種不祥預感，急忙跑到田中察看，想不到所有的禾苗都已枯死，放眼望去，真的是名副其實的「爛攤子」。

其實，每人心中都希望禾苗快些長大，有些人天性懶惰，認為鋤草養苗不會馬上見效，就無作為；另有些人則缺乏耐性，急於求成，就似文中宋人這樣違反自然規律，竟然想到拔苗助長，行為愚蠢至極，結果當然是弄巧反拙。

寫作特色

孟子運用借事說理手法，借用一個小故事說明凡事「欲速則不達」的道理。故事用詞生動淺白，例如宋人跟家人說「今日病矣！予助苗長矣」，短短一句，反映他的自以為是。

📑 生活應用

今日的社會，速食文化大行其道，甚麼都講求「慢慢來，最重要快」。大家亦已習以為常，忘卻按部就班的重要。各位同學，成功從來沒有捷徑。不要妄想可以一步登天，人生不同打電玩，不是付費及抄捷徑就可以。所謂「羅馬非一日建成」，我們切忌像宋人一樣操之過急。只有經過日積月累的努力，透過誠實的勞動，人生才會成功。

孟子　二子學弈

撰文：蒲葦、吳曉鋒

掃碼看視頻

原文

弈[1]秋，通國之善弈者也。使弈秋誨二人弈，其一人專心致志，惟弈秋之為聽。一人雖聽之，一心以為有鴻鵠[2]將至，思援弓繳[3]而射之，雖與之俱學，弗若之矣。為是其智弗若與？曰：「非然也。」

內容大意

這段古文的主題，主要圍繞學習態度。話說，弈秋是聞名全國的棋手。「弈」表示下棋，秋是他的名字。他同時教兩名弟子下棋，其中一位很專心地聽講；另一位的表現則差天共地，他表現得像留心聽講，但實際上則是魂遊太虛，幸好當年沒有智能電話，否則他一定是名低頭族。這名弟子正在發着如有大雁飛過，要怎樣用弓箭去射牠的白日夢。

結果是怎樣呢？大家應該亦想到，兩人雖然一同學棋，但學習成果則差很遠，心散的弟子當然不及專注的弟子好。是否兩人智商有高低之分？當然不是了，試問做事三心兩意的人，表現又怎會好呢？凡事專心一意才會有好的表現。

寫作特色

孟子運用了對比手法刻劃兩個弟子學棋時的表現，兩人的客觀條件相差不大，一樣得到名師的指導，智力相若，但結果卻完全不同。原因是兩人學習態度的分別，一個「惟弈秋之為聽」，心無旁騖；另一個則只顧看雁射雁，精神渙散，兩者對比鮮明，又帶出學習時專心致志的重要，道理深刻。

1　讀音：jik6〔亦〕
2　讀音：huk6〔酷〕
3　讀音：zoek3〔酌〕

🗐 生活應用

　　都市人很多時候都習慣「一心多用」，邊做功課邊打電玩、邊工作邊看手機……還自我感覺良好，以為自己效率奇高。事實上，很多研究亦顯示「一心多用」的效率其實更低，智商與記憶力亦因而下降。

　　各位同學，做事緊記要一心一意，集中全副精神及心思，專注完成，才會有好的成果。曾國藩曾説過：「坐這山，望那山，一事無成。」學習態度決定你的學習高度。

荀子 勸學

撰文：蒲葦

掃碼看視頻

📄 原文（節錄）

君子曰：學不可以已。青，取之於藍，而青於藍；冰，水為之，而寒於水。木直中繩[1]，輮[2]以為輪，其曲中規；雖有槁暴、不復挺者，輮使之然也。故木受繩則直，金就礪[3]則利，君子博學而日參省乎己，則知明而行無過矣。

吾嘗終日而思矣，不如須臾之所學也；吾嘗跂[4]而望矣，不如登高之博見也。登高而招，臂非加長也，而見者遠。順風而呼，聲非加疾也，而聞者彰。假輿馬者，非利足也，而致千里；假舟楫者，非能水也，而絕江河。君子生非異也，善假於物也。

積土成山，風雨興焉；積水成淵，蛟龍生焉；積善成德，而神明自得，聖心備焉。故不積跬[5]步，無以至千里；不積小流，無以成江海。騏驥一躍，不能十步；駑馬十駕，功在不舍。鍥而舍之，朽木不折；鍥[6]而不舍，金石可鏤[7]。蚓[8]無爪牙之利，筋骨之強，上食埃土，下飲黃泉，用心一也。蟹六跪而二螯，非蛇蟺[9]之穴無可寄託者，用心躁也。

📄 內容大意

〈勸學〉主旨即是勸人勤力學習，是一篇論說文。荀子認為「人之性惡，其善者偽也」（《荀子·性惡篇》）。「偽」，就是「人為」的意思。要令人從善，後天的教育和禮儀是不可或缺的，從中可見荀子對教育的重視。

文章主要談及學習的意義、作用跟應有的態度，說明學習必須專心致志，持之以

---

1 讀音：sing4〔成〕
2 讀音：jau4〔柔〕
3 讀音：lai6〔厲〕
4 讀音：kei5〔企〕
5 讀音：kwai2〔愧〕
6 讀音：kit3〔揭〕
7 讀音：lau6〔漏〕
8 讀音：jan2〔忍〕
9 讀音：sin6〔善〕

恆，虛心積累，即使天資愚鈍亦能學有所成，千萬別自以為聰明就不虛心學習。

君子天生根本沒甚麼特別的差異，都是靠外物令自己變得更好。「終日而思」，只有空想，一定不如「須臾之學」，「學習」的時間較短，但成效較顯著，作者以此說明學習的重要性。

荀子接着指出，土壤如果能慢慢累積，可以成就高山；細細的河流，可以成就深淵。日常積累知識、德行，就可以在素養上有所成就。然後，他從正反兩方面設喻，論證即使天資有所不及，只要堅持學習，不要學蟹那樣浮躁，最後亦可超越天資較好的人。例如駑馬、蚯蚓等，都是較難成功的，但若堅持不懈，結果可以勝過騏驥跟蟹。

寫作特色

論說文最重要的是清晰到位，文章開首即開門見山，確立全文重心：「學不可以已」。然後以「木受繩則直」、「金就礪則利」，兩個比喻論證，得出「博學」跟「修身」是改造人材關鍵之結論，回應首句論點。之後層層深入，討論學習的具體問題，結構一氣呵成。

文章亦善用對比，正反兼論。例如作者以「騏驥」跟「駑馬」作對比，說明學習應該持之以恆。縱使馬匹品種優良，好像沙田的馬那樣，如果只是跳躍一次，所得還是有限。相反，換一隻品種欠佳的馬，但願意堅持走下去，就能到達遙遠的目的地。只要有恆心，鐵杵磨成針。

正如蚯蚓天生無鋒利的牙齒和爪子，但用心專一，不斷鑽鑽鑽，便能成功鑽到很深的土地裏；相反，螃蟹天生有很多足爪和一雙大螯，條件優良，但不及蚯蚓專心致志，最後只能棲身在別的動物的洞穴裏。作者以蚯蚓和螃蟹相反的條件、態度和成果，論證天資不是最重要的，只要鍥而不捨努力求學，最終必會成功。

生活應用

我們經常說「青出於藍」，其實出處正是來自這篇文章。「青，取之於藍，而青於藍；冰，水為之，而寒於水」。本來的意思，是指通過一些過程，事物的本質就會發生變化，暗指後天學習能夠勝過原本的天賦。

每年的學期初，總有很多學生跟我說，今年要發憤圖強，要考十名之內，諸如此

類。但開學不夠兩星期，又故態復萌，雄心壯志全不見。有決心固然重要，但是更不可或缺的是恆心，即是文章中所說的鍥而不捨。好像蚯蚓，先天條件沒螃蟹來得好，但只要永不放棄，最終仍會成功。當然，有些同學實覺得蚯蚓外表難看，寧願做蟹，也未嘗是壞事，讀完這篇文後，就算做蟹，亦要做勤力的蟹啊！

韓非　鄭人買履

撰文：蒲葦、吳曉鋒

掃碼看視頻

原文

　　鄭人有且置履者，先自度其足，而置之其坐。至之市而忘操之。已得履，乃曰：「吾忘持度。」反歸取之。及反，市罷，遂不得履。人曰：「何不試之以足？」曰：「寧信度，無自信也。」

內容大意

　　有天，鄭國有位仁兄希望買鞋，他先量度自己腳的大小，然後來到鞋舖，選好了心愛的款式，才發現自己沒帶尺碼紙，唯有回家再拿。怎知這樣一來一回已經太遲，鞋舖已關門，這位鄭國人最後空手而回。相信你已泛起疑問，他反正已在店裏了，為甚麼不親自以雙腳試鞋呢？鄭人竟解釋：「我只相信量出來的尺碼，我不相信自己的雙腳。」這不是很荒謬嗎？

　　作者希望用這個故事去諷刺不願變通的人，他認為「世異則事異，事異則備變」，故事寄寓人不該死守教條，而該因應實際情況靈活變通，否則就好像鄭人一樣，浪費時間，無功而返。

寫作特色

　　作者借事說理，藉鄭人信尺碼而不信自己的處事方式，諷刺刻板可笑的人，突出主角固執己見的形象。借事說理可以令抽象的道理變得具體易明，充滿趣味。全文用字簡約，但包含深刻的道理。

生活應用

　　各位同學，要於這個瞬息萬變的社會立足，一成不變的話，思想很容易會僵化，結果可能一事無成。例如受疫情影響，大家要留守家中，很多人即時靈活變通，經營

餐廳食肆的，即時轉營外賣生意；教師則安排網上教學、拍攝視頻等讓學生繼續學業，停課不停學。「窮則變，變則通」，求變非常重要。

　　另外，同學最重要明白自己的追求所在，定下目標，然後用適合自己的方法，努力達成。保持自信心，不時反省，我們會不會不自覺，亦做了文中的鄭人？

戰國策　鄒忌諷齊王納諫

撰文：蒲葦、吳曉鋒

掃碼看視頻

原文

　　鄒忌脩[1]八尺有餘，形貌昳[2]麗。朝服衣冠，窺鏡，謂其妻曰：「我孰[3]與城北徐公美？」其妻曰：「君美甚，徐公何能及公也！」城北徐公，齊國之美麗者也。忌不自信，而復問其妾：「吾孰與徐公美？」妾曰：「徐公何能及君也！」旦日，客從外來，與坐談，問之客曰：「吾與徐公孰美？」客曰：「徐公不若君之美也！」

　　明日，徐公來。孰視之，自以為不如；窺鏡而自視，又弗如遠甚。暮，寢而思之曰：「吾妻之美我者，私我也；妾之美我者，畏我也；客之美我者，欲有求於我也。」

　　於是入朝見威王曰：「臣誠知不如徐公美，臣之妻私臣，臣之妾畏臣，臣之客欲有求於臣，皆以美於徐公。今齊地方千里，百二十城，宮婦左右，莫不私王；朝廷之臣，莫不畏王；四境之內，莫不有求於王。由此觀之，王之蔽甚矣！」王曰：「善。」乃下令：「群臣吏民，能面刺寡人之過者，受上賞；上書諫寡人者，受中賞；能謗議於市朝，聞寡人之耳者，受下賞。」

　　令初下，群臣進諫，門庭若市。數月之後，時時而間進。期年之後，雖欲言，無可進者。燕、趙、韓、魏聞之，皆朝於齊。此所謂戰勝於朝廷。

內容大意

　　齊國有位「高富帥」美男，名叫鄒忌。身高有八尺多，同時擅長彈琴，又能言善辯，確實是一表人才。有一日，他自戀地照鏡子，詢問妻子她覺得他跟風靡萬千的另一「男神」徐公相比，哪位比較英俊，這樣還不夠，鄒忌再問妾侍及客人，他們都答覺得鄒忌是最好的，無人是他的對手。

1　讀音：sau1〔修〕
2　讀音：jat6〔日〕
3　讀音：suk6〔熟〕

　　第二天，鄒忌迎見徐公真人，才發現自己根本及不上徐公的美貌。他終於恍然大悟，立即上朝廷求見齊威王，分享說：「妻子讚我貌美其實是出於盲目偏愛，妾則是懼怕我，客人就因有事相求所以說盡假話。」他藉此提醒齊威王，正如朝中王后、王妃及侍從都愛王，臣子懼怕王，國民都有求於王，所以大家會說盡好話。

　　齊威王如遭當頭棒喝，立即下令所有官員與平民均可進言規勸，他虛心納諫，令政治修明，國家富強，其他國家亦心服口服，向齊國學習。原來不一定出兵打仗，亦可征服別國。

📑　寫作特色

　　這篇文運用類比法闡明道理，寫鄒忌的妻、妾、客都說他比徐公美，事實是他受到蒙蔽，所以現身說法，推己及王，用自己的妻、妾、客作為比喻，類推王的宮婦侍從、臣子跟國民不向威王說真相的情況，藉此委婉地勸王廣開言路。類比法有助加強說辭的說服力，條理清晰。

　　作者多次運用層層遞進的手法，由妻、妾，到客；宮婦左右、朝廷臣子、四境之內的百姓；私臣、畏臣、有求於臣的態度；對官員、國民獎賞分為上、中、下賞；令初下、數月之後、期年之後，全部都有三個層次，全篇層次分明，能加深讀者印象。

📑　生活應用

　　所謂「忠言逆耳」，很多人傾向於聽好話，真心話有時不易接受。但是，一個人如果只能接受讚美，偏信偏聽，避開尖銳批評，人生是不會有所進步的。更甚是離真相愈來愈遠，與事實脫軌。

　　所以，同學們記得學威王那樣寬宏大量，好好重視會說真話、給予意見的朋友，他們可以令你提升自我，成就更大。

孟子　魚我所欲也

撰文：蒲葦

掃碼看視頻

原文

孟子曰：「魚，我所欲也，熊掌，亦我所欲也；二者不可得兼，舍魚而取熊掌者也。生亦我所欲也，義亦我所欲也；二者不可得兼，舍生而取義者也。生亦我所欲，所欲有甚於生者，故不為苟得也；死亦我所惡，所惡有甚於死者，故患有所不辟也。如使人之所欲莫甚於生，則凡可以得生者，何不用也？使人之所惡莫甚於死者，則凡可以辟患者，何不為也？由是則生而有不用也，由是則可以辟患而有不為也，是故所欲有甚於生者，所惡有甚於死者。非獨賢者有是心也，人皆有之，賢者能勿喪耳。

一簞食，一豆羹，得之則生，弗得則死。嘑[1]爾而與之，行道之人弗受；蹴爾而與之，乞人不屑也；萬鍾則不辯禮義而受之。萬鍾於我何加[2]焉？為宮室之美、妻妾之奉、所識窮乏者得我與？鄉為身死而不受，今為宮室之美為之；鄉為身死而不受，今為妻妾之奉為之；鄉為身死而不受，今為所識窮乏者得我而為之，是亦不可以已乎？此之謂失其本心。」

內容大意

〈魚我所欲也〉這章出自〈告子上〉，是《孟子》中著名的一篇哲理散文，強調「義重於生」，假如兩者不可兼得，就應捨生取義。

孟子認為人有時候難免受外在環境所影響，失去本心。他首先以具體事物作比喻：以「魚」比喻「生命」；「熊掌」比喻「義」，不能兼得時，則棄魚而取熊掌，引出「捨生取義」的中心論點。

接着，孟子在文中舉了一個例子，說明人即使在飢餓時仍有羞恥之心。如果把食物給別人的時候呼呼喝喝，過路的飢民都不會要；用腳踏過再贈人，就連乞丐也不屑

1　讀音：fu1〔呼〕
2　讀音：jin4〔然〕

於接受。最後，孟子指出，外在的誘惑亦會令人容易失去本心，例如有人為了「萬鍾」這樣的身外物，背棄仁義。作者語重心長地指出，如果要犧牲人的品格、尊嚴與正義感，才至能夠獲得財富，這些財富又有甚麼意義呢？因此，我們必須小心外在誘惑，不能不辯禮義就隨便接受。

▤　寫作特色

首先，文章善用例證，氣勢磅礴。孟子藉「一簞食，一豆羹」的事例說明對「嗟來之食」的看法。人需要食物以活命，但如果被輕蔑、呼喝、侮辱，哪怕是飢餓的過路人，都不會接受。如果是用腳踢着再送人，就連乞丐都不屑要了。這說明「義」是人的本性。

文章亦善用比喻，令抽象的道理變得簡潔易明，他先以魚與熊掌，比喻生與義；再以簞豆、萬鍾兩例，比喻捨生取義，乃人之本心，可算是簡單方便又快捷。

最後，表達的時候，孟子喜歡以「設問」同「排比」去加強氣勢。排比例如「鄉為身死而不受，今為宮室之美為之；鄉為身死而不受，今為妻妾之奉為之；鄉為身死而不受，今為所識窮乏者得我而為之」，一氣呵成，達到義正詞嚴、理直氣壯的效果。

▤　生活應用

有些同學會反問老師：「終日說捨生取義，哪有這麼多條生命呢，不是說要珍惜生命嗎？」其實，大家不要誤解孟子的意思，他不是要求我們一定要捨生取義，他只是提出一個最高標準，希望提醒我們不要失去本心。行而宜之謂義，即是做正當、恰當的事。

孟子的道理，提醒我們要時刻反省、反思，特別是三餐溫飽的時候，不要受外界誘惑，做一些不合乎禮義的事。如果人人都能先想孟子的忠告，這個世界一定會有更多好人好事，少些壞人壞事。各位同學，我們經常說不忘初心，你的初心又是甚麼呢？

第二章

先秦詩歌

詩經‧周南‧關雎

撰文：蒲葦

掃碼看視頻

原文

關關雎鳩[1]，在河之洲。窈窕淑女，君子好逑。

參差荇菜，左右流之。窈窕淑女，寤寐求之。

求之不得，寤寐思服。悠哉悠哉，輾轉反側。

參差荇菜，左右采之。窈窕淑女，琴瑟友之。

參差荇菜，左右芼之。窈窕淑女，鐘鼓樂之。

內容大意

後人多認為〈關雎〉是一首情詩，寫君子追求一名採摘荇菜的淑女。原來於古代所謂的窈窕，不是指體態輕盈，而是指美麗善良，品格先行的女子。

詩歌開首，寫君子看到黃河洲上關關鳴叫的雎鳩鳥，便聯想到淑女是君子的最佳配偶，因物起興，眼前這一對對雌雄和鳴相應的雎鳩，就像象徵了一對對君子淑女。

可惜，「窈窕淑女，寤寐求之」，「求之不得，寤寐思服」，原來即使對淑女展開追求，亦不一定能獲得她首肯。「悠哉悠哉」，漫漫長夜，心中甚是思念，「輾轉反側」。君子只能寄情於彈奏琴瑟，希望能以才華去親近她。寄願有朝一日，可以敲鐘打鼓地迎接這位淑女，此處描寫君子的態度非常正面，毫無埋怨，亦不會強求。

寫作特色

這首詩運用起興，先從別的景物引起所詠之物，作為寄託，相對比較委婉含蓄。例如，此詩以關關鳴叫的雎鳩起興，聯想到配偶，想到淑女應配君子。又以荇菜流動無方，比喻淑女之難求，寄託深遠。

1　讀音：kau1〔溝〕

生活應用

　　有兩位同學曾跟我分享心事，其中一人訴説不知如何向心上人表達愛意，整天神不守舍，輾轉反側，可謂天若有情天亦老；另一位則分享，他雖然有喜歡的對象，但自覺未夠成熟處理感情之事，況且，他的志願是考入醫學院，懸壺濟世，所以決定專注學業。看來，這位認為自己不成熟的同學，才是最深思熟慮啊。

　　我教導這兩位同學，談戀愛之事，不是非得人有我有，學會互相尊重，時刻為彼此着想，才是最重要的。感情之事又豈能盡如人意？君子配淑女，更重要的是先培養個人品格，當對的時間遇上對的人時，才不會抱憾錯過。

　　祝願各位君子淑女，都能找到自己理想的另一半，幸福快樂。

詩經‧魏風‧碩鼠

撰文：蒲葦、吳曉鋒

掃碼看視頻

📄 原文

碩鼠碩鼠，無食我黍[1]！三歲貫女[2]，莫我肯顧。

逝將去女，適彼樂土。樂土樂土，爰[3]得我所。

碩鼠碩鼠，無食我麥！三歲貫女，莫我肯德。

逝將去女，適彼樂國。樂國樂國，爰得我直。

碩鼠碩鼠，無食我苗！三歲貫女，莫我肯勞。

逝將去女，適彼樂郊。樂郊樂郊，誰之永號。

📄 內容大意

「碩鼠」是個比喻，用來諷刺那些貪得無厭的在上者。

碩字的本義指頭顱很大，引申作「大」。這樣看來，如果遇到剝削人民的貪官，人民就肯定會感到「頭大」及「頭痛」了。

詩一開始，詩人就大聲疾呼，直接指在上者是偷取糧食的「大老鼠」，好吃懶做，貪得無厭。詩人譏諷説，人民怎料到會估算錯誤，竟然供養一隻「大老鼠」多年，對方連少許恩惠亦沒有，亦從來沒有對人民表達過感激及體諒，只懂不停苛求。

人民的農作物要用來交重稅，再這樣下去，恐怕會飢餓至死，唯有跪求這隻貪得無厭的大老鼠反過來放過人民，不要再搶奪大家辛苦耕種出來的成果。

俗話説，既然改變不到你，那就只好避開你。詩中感慨，希望找到一處樂土，能夠安居樂業。整首詩藉生活之艱難，強烈控訴上位者的貪婪無道。

1　讀音：syu2〔鼠〕
2　讀音：jyu5〔汝〕
3　讀音：wun4〔援〕

寫作特色

　　這首詩用了典型的重章疊句，有民歌特色。全詩三章，每章八句，每句四言，句式排列整齊。當中用的字句大致相同，只是在關鍵處更換若干字眼，這樣安排就好像反覆傾訴情感，將憤怒的情緒逐步深化，層層深入。詩人把上位者比喻成自私自利、殘民自肥的大老鼠，極為形象化。

生活應用

　　自古以來，社會上亦有無數的基層人民，每日默默耕耘，生活極為艱難。即使身處現今文明發達的城市，亦有不少人生活於貧窮線以下。這首詩正正是他們的吶喊。各位同學，相比他們，我們大多數人算是享有不錯的物質生活，所謂「幸福不是必然」，除了好好珍惜擁有的一切，必須緊記培養同理心，盡己所能去關心及幫助困苦的人。

詩經‧秦風‧蒹葭

撰文：蒲葦

掃碼看視頻

原文

蒹葭蒼蒼，白露為霜。所謂伊人，在水一方。溯洄從之，道阻且長；溯游從之，宛在水中央。

蒹葭淒淒，白露未晞。所謂伊人，在水之湄。溯洄從之，道阻且躋[1]；溯游從之，宛在水中坻[2]。

蒹葭采采，白露未已。所謂伊人，在水之涘[3]。溯洄從之，道阻且右；溯游從之，宛在水中沚[4]。

內容大意

〈蒹葭〉是一首情詩。詩中最重要的，是「伊人」一詞。「伊人」不一定專門指美人，可以有多種解釋。詩人在蘆葦叢中尋尋覓覓，由朝到晚，對象若隱若現，若即若離，得不到，才算最好。可能這就是所謂的人性使然。

退一步思考，可望而不可即，除了是自己熱切追求的對象，還可以象徵自己的理想。這樣理解的話，原來「伊人」並非別人，而是一個理想的化身。尋找「伊人」，代表找回自我，尋回初心，你呢？想得起自己的初衷嗎？

同學們，我們要學習的，是詩中主人翁那份永不放棄的精神，即使最後找不到「伊人」或理想，總算是人生無悔。

寫作特色

這首詩的章法，是典型的複沓法，全詩三章，每章八句，除了句末五字外，其餘

1　讀音：zai1〔擠〕
2　讀音：ci4〔池〕
3　讀音：zi6〔自〕
4　讀音：zi2〔止〕

各句為四字。每章句式相同，只更換數字，形式整齊但稍有變化，這種結構，有如歌詞，有一唱三歎之妙。

　　本詩情景交融，充滿朦朧美及象徵手法。蘆葦草令詩人看不見伊人，象徵尋找理想時遇到的阻礙。辛棄疾〈青玉案·元夕〉中的一句：「眾裏尋他千百度，驀然回首，那人卻在燈火闌珊處」，與本詩實有異曲同工之妙。

📋 生活應用

　　各位同學，「意中人」三字，難免與「青春」這個兩字詞結下不解緣。有時我們會遇到喜歡的對象，求之不得，輾轉反側；甚或，我們很落力去博取對方一絲好感，然後到頭來，亦是徒勞無功。

　　這首詩教會我們，尋找伊人固然重要，但同樣重要的，是尋回自己，找到理想。如我們能樂觀積極地投入生活，自然更為吸引。說不定這位你心儀的「伊人」，會回來找你呢！

屈原　涉江

撰文：蒲葦

掃碼看視頻

原文

　　余幼好此奇服兮，年既老而不衰。帶長鋏之陸離兮，冠切雲之崔嵬。被明月兮珮寶璐。世溷[1]濁而莫余知兮，吾方高馳而不顧。駕青虬兮驂白螭，吾與重華遊兮瑤之圃。登崑崙兮食玉英，與天地兮同壽，與日月兮同光。哀南夷之莫吾知兮，旦余濟乎江湘。

　　乘鄂渚而反顧兮，欸秋冬之緒風。步余馬兮山皋[2]，邸余車兮方林。乘舲船余上沅兮，齊吳榜以擊汰。船容與而不進兮，淹回水而疑滯。朝發枉陼兮，夕宿辰陽。苟余心其端直兮，雖僻遠之何傷。

　　入溆浦余儃佪兮，迷不知吾所如。深林杳以冥冥兮，猨狖之所居。山峻高以蔽日兮，下幽晦以多雨。霰雪紛其無垠兮，雲霏霏而承宇。哀吾生之無樂兮，幽獨處乎山中。吾不能變心而從俗兮，固將愁苦而終窮。

　　接輿髡首兮，桑扈臝行。忠不必用兮，賢不必以。伍子逢殃兮，比干菹醢[3]。與前世而皆然兮，吾又何怨乎今之人！余將董道而不豫兮，固將重昏而終身！

　　亂曰：鸞鳥鳳皇，日以遠兮。燕雀烏鵲，巢堂壇兮。露申辛夷，死林薄兮。腥臊並御，芳不得薄兮。陰陽易位，時不當兮。懷信侘傺，忽乎吾將行兮。

內容大意

　　屈原廉潔正直，起初得到楚懷王重用。後來，慘受小人陷害，逐漸被排擠，甚至被放逐。〈涉江〉，顧名思義，就是指屈原因為被流放而攀山涉水，悲憤之情難以平息，就藉文表達自己對人格信念的堅持。

　　屈原想像自己穿起特別的服飾、佩長劍、駕靈獸等象徵自己志行高潔，不願隨波

1　讀音：wan6〔運〕
2　讀音：gou1〔高〕
3　讀音：zeoi1hoi2〔狙海〕

逐流，他對故國眷戀不捨，明知此行將是困難重重，仍然義無反顧。

屈原雖然受苦連連，仍然沒有怨天尤人，反而為天下間同受冤屈的忠賢鳴不平。他指出，忠賢蒙難，自古已然，最重要的是堅持原則，拒絕同流合污。

寫作特色

這篇文章情景交融，首先以情做主動，融情入景。例如「船容與而不進兮，淹回水而疑滯」，為何小舟這麼慢？因為詩人將不願離開這份主觀感情投射在客觀的事物上，亦即小舟，所以主觀上覺得小舟總是徘徊不前。

第二是觸景生情。例如描寫「深林」、「猨狖所居」的陰森環境，構成一種抑鬱苦悶的氛圍，襯托詩人被逐的悲哀。

至於以靈鳥、香草比喻忠賢；惡禽臭物比喻奸小，都令人留下鮮明印象。

生活應用

各位同學，人與人之間的相處，有時不是一件容易的事。你有試過為了朋友而放棄做人處事的原則嗎？隨波逐流，放棄個人堅持的原則，或者可以換來一時掌聲，但長久而言，可能損失更大，從此被視為一個沒有原則的人，得不償失。其實，只要持守正道，堅守原則，久而久之，就能建立良好形象，結交更多志同道合的朋友。

第三章

兩漢六朝散文

褚少孫　西門豹治鄴

撰文：蒲葦、吳曉鋒

掃碼看視頻

📄 原文

　　魏文侯時，西門豹為鄴令。豹往到鄴，會長老，問之民所疾苦。長老曰：「苦為河伯娶婦，以故貧。」豹問其故，對曰：「鄴三老、廷掾常歲賦斂百姓，收取其錢得數百萬，用其二三十萬為河伯娶婦，與祝巫共分其餘錢持歸。當其時，巫行視小家女好者，云是當為河伯婦，即娉取。洗沐之，為治新繒綺縠衣，閒居齋戒，為治齋宮河上，張緹絳帷，女居其中。為具牛酒飯食，十餘日。共粉飾之，如嫁女床席，令女居其上，浮之河中。始浮，行數十里乃沒。其人家有好女者，恐大巫祝為河伯取之，以故多持女遠逃亡。以故城中益空無人，又困貧，所從來久遠矣。民人俗語曰，『即不為河伯娶婦，水來漂沒，溺其人民』云。」西門豹曰：「至為河伯娶婦時，願三老、巫祝、父老送女河上，幸來告語之，吾亦往送女。」皆曰：「諾。」

　　至其時，西門豹往會之河上。三老、官屬、豪長者、里父老皆會，以人民往觀之者三二千人。其巫，老女子也，已年七十。從弟子女十人所，皆衣繒單衣，立大巫後。西門豹曰：「呼河伯婦來，視其好醜。」即將女出帷中，來至前。豹視之，顧謂三老、巫祝、父老曰：「是女子不好，煩大巫嫗為入報河伯，得更求好女，後日送之。」即使吏卒共抱大巫嫗投之河中。有頃，曰：「巫嫗何久也？弟子趣之！」復以弟子一人投河中。有頃，曰：「弟子何久也？復使一人趣之！」復投一弟子河中。凡投三弟子。西門豹曰：「巫嫗、弟子，是女子也，不能白事，煩三老為入白之。」復投三老河中。西門豹簪筆磬折，向河立待良久。長老、吏、旁觀者皆驚恐。西門豹顧曰：「巫嫗、三老不來還，奈之何？」欲復使廷掾與豪長者一人入趣之。皆叩頭，叩頭且破，額血流地，色如死灰。西門豹曰：「諾。且留待之須臾。」須臾，豹曰：「廷掾起矣。狀河伯留客之久。若皆罷去歸矣。」鄴吏民大驚恐，從是以後，不敢復言為河伯娶婦。

西門豹即發民鑿十二渠，引河水灌民田，田皆溉。當其時，民治渠少煩苦，不欲也。豹曰：「民可以樂成，不可與慮始。今父老子弟雖患苦我，然百歲後期令父老子孫思我言。」至今皆得水利，民人以給足富。

📖 內容大意

〈西門豹治鄴〉是初中常教課文，出自司馬遷《史記·滑稽列傳》。

話說，魏文侯稱王之時，有位仁兄叫 Simon Pao，啊，不是，是西門豹。他來到鄴地當官，一到埗，他就召見當地長老，希望了解民生疾苦，始發現原來這個地方有個可怕的風俗——為水神（即河伯）娶妻，若果百姓不從，流言說會發生大水氾濫的災難。

真相是，當地官員每年都向老百姓搜刮錢財，美其名曰為河伯娶妻，其實是暗地裏串謀了一班女巫，中飽私囊，殘民自肥。每逢河伯娶妻之日，女巫會負責物色當地美女，然後要她們坐於床鋪上在河中漂浮，最後落得溺斃的下場。鄴地所有百姓都人心惶惶，很多都帶着女兒逃走他方，避免慘死。最後，因為人丁疏落，鄴地愈來愈窮，百姓生活更加艱苦。

西門豹得知有此惡俗，竟說要親自見識河伯娶新娘的盛況。日子一到，很多人來湊熱鬧。西門豹看了女子一眼，說這女子不夠漂亮，要重新找一個更美的真命天「女」，隨即命差役把大巫婆拋下河中，要她去河裏稟報河伯。

過了一會，眼見巫婆未有回來，他就指示巫婆的弟子前去催促，又命人將弟子亦拋入河中。奇怪，等了很久也沒人回來，西門豹指唯有把地方官亦逐一拋下去。其他貪官一聞此言，知道謊言已被識穿，立即叩頭認錯至頭破血流。西門豹如此一招「以其人之道還治其人之身」，成功為民除害。

故事來到這裏，其實西門豹的德政又豈止這些呢？他極具遠見，徵百姓去開鑿十二條渠道，引水灌溉農田，讓水利及農業振興起來，人民生活變得富裕。到漢朝時，官吏想合併渠水、改動橋樑，但百姓不願意更改西門豹當年的規劃，可見他的恩德流傳後世。西門豹為官廉潔果斷，又有管治才能，難怪這麼受後人敬仰。

寫作特色

　　這篇文章構思巧妙,充滿衝突場面。西門豹將計就計,參加娶妻儀式,其實想藉機解救女子,教訓眾人。他假裝參與事件,先不當場揭穿騙局,恭敬地靜候河伯回音,目的是施展心理戰術,迫令對方驚恐求饒,最後落得「叩頭且破,額血流地,色如死灰」的下場,行為描寫非常傳神。

生活應用

　　各位同學,假如不幸遇上心懷不軌的壞人,可以向西門豹多多學習,他靈活變通,腦筋急轉彎,反用對手的招數,鬥智鬥力,不費吹灰之力就能一下子擊退對方。

　　文章提醒我們,要嘗試代入別人的邏輯去解難,這才算智取。時代不同了,我們對西門豹治鄴亦應該有較新的理解。當然,「己所不欲,勿施於人」,亦應該是每個人做事應有的原則。

陶淵明　桃花源記

撰文：蒲葦、許華腴

掃碼看視頻

📄 原文

　　晉太元中，武陵人，捕魚為業。緣溪行，忘路之遠近。忽逢桃花林，夾岸數百步，中無雜樹，芳草鮮美，落英繽紛，漁人甚異之。復前行，欲窮其林。

　　林盡水源，便得一山。山有小口，彷彿若有光。便舍船，從口入。初極狹，才通人。復行數十步，豁然開朗，土地平曠，屋舍儼[1]然，有良田、美池、桑、竹之屬，阡陌交通，雞犬相聞。其中往來種作，男女衣著，悉如外人。黃髮、垂髫，並怡然自樂。

　　見漁人，乃大驚，問所從來。具答之。便要還家，設酒、殺雞，作食。村中聞有此人，咸來問訊。自云：先世避秦時亂，率妻子邑人來此絕境，不復出焉[2]；遂與外人間隔。問今是何世，乃不知有漢，無論魏、晉。此人一一為具言所聞，皆歎惋。餘人各復延至其家，皆出酒食。停數日，辭去。此中人語云：「不足為外人道也。」

　　既出，得其船，便扶向路，處處誌之。及郡下，詣太守，說如此。太守即遣人隨其往，尋向所誌，遂迷，不復得路。

　　南陽劉子驥，高尚士也，聞之，欣然規往，未果。尋病終，後遂無問津者。

📄 內容大意

　　陶淵明年輕時有儒家兼濟天下的抱負，但仕途不順，因而歸隱田園。〈桃花源記〉描寫的，就是東晉太元年間武陵打漁人偶然發現一個世外桃源的奇遇。既有「芳草鮮美，落英繽紛」的田園風光，又有百姓怡然自樂的生活面貌，寄寓了作者對理想社會的嚮往。

　　吳楚材、吳調侯的《古文觀止》寫：「靖節（陶淵明）當晉衰亂時，超然有高舉之

1　讀音：jim4〔嚴〕
2　讀音：jin4〔然〕

思，故作記以寓志。」認為桃花源記乃陶淵明對理想的寄託，不必實有其事，也不必實有其地，所謂桃源勝境，自得其樂，俗語亦説：在心中。

寫作特色

詩人在文章開首，即交代漁人發現桃花源的時間、地點、經過與沿途所見的奇麗景色，並將背景定在晉孝武帝太元年間，又交代村民來到桃花源的時間和原因，令人覺得親切可信，強化文章的真實感，好像看小説一樣引人入勝。

老師經常説，寫文章最重要是具體，陶淵明做了一個很好的示範。例如「山有小口，彷彿若有光。便舍船，從口入。初極狹，才通人。」狹窄，窄成甚麼樣子呢？這樣也許太抽象，那麼「才通人」呢？窄得只能讓一人通過，那就具體得多了。

此外，文章擅用白描，讀起來有如口語般通俗流暢，親切自然。例如，第二段描寫桃花源的景象，不過一百多字，就勾畫出一幅極其動人的畫面。從桃花源的土地、屋舍，一直寫到男女老少的衣着以及他們的精神狀態，層層深入，井然有序，可見作者之高妙。

生活應用

各位同學，你心目中的桃花源，又是怎樣的呢？

我認為每個人對於甚麼是美景，看法各有不同。最重要的是，桃花源裏有人情味，可能是親情、友情、愛情，甚至萍水相逢的同路之情。大家以真誠相待，互相幫助，不就是最美的畫面了嗎？

陶淵明仕途不順，現實中充滿挫折，但他向我們展現了浪漫的一面。在人生低潮時，只要保持良好的心境，我們依舊可以「悠然見南山」、「不為五斗米折腰」。只要心中有個桃花源，就能讓我們支撐下去。深信終有一天，走到街上，就能找到那片屬於自己的桃花源。

王羲之　蘭亭集序

撰文：蒲葦、吳曉鋒

掃碼看視頻

原文

　　永和九年，歲在癸丑，暮春之初，會於會[1]稽山陰之蘭亭，修禊[2]事也。群賢畢至，少長咸集。此地有崇山峻嶺，茂林修竹；又有清流激湍[3]，映帶左右。引以為流觴曲水，列坐其次；雖無絲竹管絃之盛，一觴一詠，亦足以暢敘幽情。

　　是日也，天朗氣清，惠風和暢；仰觀宇宙之大，俯察品類之盛，所以遊目騁[4]懷，足以極視聽之娛，信可樂也！

　　夫人之相與，俯仰一世，或取諸懷抱，晤言一室之內；或因寄所託，放浪形骸[5]之外。雖趨舍萬殊，靜躁不同；當其欣于所遇，暫得于己，快然自足，不知老之將至。及其所之既倦，情隨事遷，感慨係之矣。向之所欣，俛[6]仰之間，以為陳迹，猶不能不以之興[7]懷；況修短隨化，終期于盡。古人云：「死生亦大矣」，豈不痛哉！

　　每覽昔人興感之由，若合一契；未嘗不臨文嗟悼，不能喻之于懷。固知一死生為虛誕，齊彭殤為妄作。後之視今，亦猶今之視昔，悲夫！故列敘時人，錄其所述。雖世殊事異，所以興懷，其致一也。後之覽者，亦將有感於斯文。

內容大意

　　所謂「天下第一行書」，指的就是王羲之手書的這篇〈蘭亭集序〉。此作品深得唐太宗喜愛，相傳真跡跟唐太宗同葬，至今下落不明。

1　讀音：kui2〔繪〕
2　讀音：hai6〔系〕
3　讀音：teon1〔芚〕
4　讀音：cing2〔拯〕
5　讀音：haai4〔械〕
6　讀音：fu2〔琥〕
7　讀音：hing3〔輕〕

言歸正傳，這一篇文章，記載的是在一個浪漫的暮春時分裏，有幾十位文人雅士相約於蘭亭，吟詩作對，把酒言歡。當中有王羲之的朋友謝安、孫綽等，各人兒女同行，老少濟濟一堂。席間，他們來了個小遊戲，各人散坐於溪水兩旁，把一個酒杯放入溪中任其漂浮，酒杯漂流到誰人面前，那人就要即席賦詩，否則就要受罰喝酒。

這個遊戲趣味十足，各人非常投入，是次蘭亭共聚，合共創作了三十七首作品，結集成書。王羲之的書法出色，決定大顯身手，即席寫了這篇序文去紀念這場盛會。

美景當前，「書聖」王羲之忍不住思考人生，他認為各人有不同愛好，有人心懷抱負，亦有人喜歡寄情遊山玩水，享受人生。無論甚麼喜好也好，人往往在得到滿足時，就會厭倦，開心的事情轉眼已成歷史。王羲之繼而思考到生死，格外感到無奈傷感，跟眾多古人一樣，悲歎人生苦短。

寫作特色

「書聖」借景抒情，先以白描手法勾勒會稽山春色，如「崇山峻嶺」、「茂林修竹」等，着色輕淡，令人倍感清新。他寫天氣，如「天朗氣清」、「惠風和暢」，用詞淺白，藉景物去抒發同文友聚會之樂，由「樂」轉向探討聚散離合、弔古傷今的生死之「痛」，感情曲折深沉。

晉代流行駢體，這篇文章卻駢散兼用，於散句中交錯使用對偶句，讀起來錯落有致，節奏明快。

生活應用

各位同學，可能你們會覺得王羲之為人掃興，明明正在作樂，為甚麼仍要多愁善感呢？其實魏晉時期，時局混亂，當時的文人思想較為消極，甚或有生死亦無關重要的不良風氣。王羲之不願苟同，積極的他認為不能輕視生死，即使人生既匆匆又無常，亦必須學習活好當下，對生命要有嚮往，懷有熱情。

劉義慶 謝太傅寒雪日內集

撰文：蒲葦、一丁

掃碼看視頻

📑 原文

謝太傅寒雪日內集，與兒女講論文義。俄而雪驟，公欣然曰：「白雪紛紛何所似？」兄子胡兒曰：「撒鹽空中差可擬。」兄女曰：「未若柳絮因風起。」公大笑樂。

📑 內容大意

香港沒有雪落之景，形容雪景，只可以藉着聯想。這次講解的是一篇詠雪的經典——〈謝太傅寒雪日內集〉。

我們一同來乘坐時光機，回到魏晉時代。有一天，雪紛紛揚揚地飄，謝太傅，亦即謝安，跟家人於家中舉行了一個輕鬆的家庭聚會。他跟兩名侄兒，分別是謝朗（胡兒）、謝道韞吟詩作對。謝安眼見門外的雪愈落愈大，於是就地取材，即興上一堂中文課，他笑問兩名侄兒：「雪落得那麼大，你們覺得像甚麼呢？」

侄兒胡兒說：「就好像有人將一撮鹽由空中撒下一樣。」侄女謝道韞則說：「我覺得雪可比喻為春天柳樹的種子，就像鵝毛一樣，隨風飄散。」謝安聽了侄女的回應後，非常欣賞她的急才及詩才，亦為兩名侄兒都有極佳表現而高興極了。

📑 寫作特色

其實胡兒的比喻也很「貼地」，因為大雪跟鹽確實很像。然而，相比起「鹽」，道韞運用「柳絮」的比喻就更有詩意，更加能夠表現雪花飄忽無根、滿天飛舞的特徵，無論是溫柔的形態或意境亦更勝一籌。後世人稱才女為「詠絮之才」，原因就在此。

📑 生活應用

同一樣的時、地、物，每人的觀察重點跟感受亦可以完全不同。胡兒或者較為傾向理性，謝道韞的答案則偏重感性，實在沒有對錯。謝安這種啟發式教育，很值得作

為老師的多多參考。鼓勵小朋友多些表達意見,同時加以讚許,不要只用標準答案去限制思維。更甚是,成年人的世界太過複雜,凡事只看褒貶,反而多跟小朋友及同輩之間互相交流、學習,説不定會有意外收穫。

司馬遷　廉頗藺相如列傳

撰文：蒲葦

掃碼看視頻

📖　原文（節錄）

　　廉頗者，趙之良將也。趙惠文王十六年，廉頗為趙將伐齊，大破之，取陽晉，拜為上卿，以勇氣聞於諸侯。藺相如者，趙人也，為趙宦者令繆賢舍[1]人。

　　趙惠文王時，得楚和氏璧。秦昭王聞之，使人遺趙王書，願以十五城請易璧。趙王與大將軍廉頗諸大臣謀：欲予秦，秦城恐不可得，徒見欺；欲勿予，即患秦兵之來，計未定，求人可使報秦者，未得。宦者令繆賢曰：「臣舍人藺相如可使。」王問：「何以知之？」對曰：「臣嘗有罪，竊計欲亡走燕，臣舍人相如止臣，曰：『君何以知燕王？』臣語曰：『臣嘗從大王與燕王會境上，燕王私握臣手，曰「願結友」。以此知之，故欲往。』相如謂臣曰：『夫趙彊而燕弱，而君幸於趙王，故燕王欲結於君。今君乃亡趙走燕，燕畏趙，其勢必不敢留君，而束君歸趙矣。君不如肉袒伏斧質請罪，則幸得脫矣。』臣從其計，大王亦幸赦臣。臣竊以為其人勇士，有智謀，宜可使。」於是王召見，問藺相如曰：「秦王以十五城請易寡人之璧，可予不[2]？」相如曰：「秦彊而趙弱，不可不許。」王曰：「取吾璧，不予我城，奈何？」相如曰：「秦以城求璧而趙不許，曲在趙。趙予璧而秦不予趙城，曲在秦。均之二策，寧許以負秦曲。」王曰：「誰可使[3]者？」相如曰：「王必無人，臣願奉璧往使。城入趙而璧留秦；城不入，臣請完璧歸趙。」趙王於是遂遣相如奉璧西入秦。

　　秦王坐章台見相如，相如奉璧奏秦王。秦王大喜，傳以示美人及左右，左右皆呼萬歲。相如視秦王無意償趙城，乃前曰：「璧有瑕，請指示王。」王授璧，相如因持璧卻立，倚柱，怒髮上衝冠，謂秦王曰：「大王欲得璧，使人發書至趙王，趙王悉召群臣議，皆曰『秦貪，負其彊，以空言求璧，償城恐不可得』。議不欲予秦璧。臣以為布衣之交

1　讀音：se3〔瀉〕
2　讀音：fau2〔否〕
3　讀音：si6〔是〕

尚不相欺，況大國乎！且以一璧之故逆彊秦之驩，不可。於是趙王乃齋戒五日，使臣奉璧，拜送書於庭。何者？嚴大國之威以修敬也。今臣至，大王見臣列觀，禮節甚倨；得璧，傳之美人，以戲弄臣。臣觀大王無意償趙王城邑，故臣復取璧。大王必欲急臣，臣頭今與璧俱碎於柱矣！」相如持其璧睨柱，欲以擊柱。秦王恐其破璧，乃辭謝固請，召有司案圖，指從此以往十五都予趙。相如度秦王特以詐詳[4]為予趙城，實不可得，乃謂秦王曰：「和氏璧，天下所共傳寶也，趙王恐，不敢不獻。趙王送璧時，齋戒五日，今大王亦宜齋戒五日，設九賓[5]於廷，臣乃敢上璧。」秦王度之，終不可彊奪，遂許齋五日，舍相如廣成傳[6]。相如度秦王雖齋，決負約不償城，乃使其從者衣褐[7]，懷其璧，從徑道亡，歸璧於趙。

秦王齋五日後，乃設九賓禮於廷，引趙使者藺相如。相如至，謂秦王曰：「秦自繆[8]公以來二十餘君，未嘗有堅明約束者也。臣誠恐見欺於王而負趙，故令人持璧歸，間至趙矣。且秦彊而趙弱，大王遣一介之使至趙，趙立奉璧來。今以秦之彊而先割十五都予趙，趙豈敢留璧而得罪於大王乎？臣知欺大王之罪當誅，臣請就湯鑊，唯大王與群臣孰計議之。」秦王與群臣相視而嘻。左右或欲引相如去，秦王因曰：「今殺相如，終不能得璧也，而絕秦趙之驩，不如因而厚遇之，使歸趙，趙王豈以一璧之故欺秦邪！」卒廷見相如，畢禮而歸之。相如既歸，趙王以為賢大夫使不辱於諸侯，拜相如為上大夫。秦亦不以城予趙，趙亦終不予秦璧。

其後秦伐趙，拔石城。明年，復攻趙，殺二萬人。

秦王使使者告趙王，欲與王為好會於西河外澠池。趙王畏秦，欲毋行。廉頗、藺相如計曰：「王不行，示趙弱且怯也。」趙王遂行，相如從。廉頗送至境，與王訣曰：「王行，度道里，會遇之禮畢，還，不過三十日。三十日不還，則請立太子為王。以絕秦望。」王許之，遂與秦王會澠池。秦王飲酒酣，曰：「寡人竊聞趙王好音，請奏瑟。」趙王鼓瑟。秦御史前書曰「某年月日，秦王與趙王會飲，令趙王鼓瑟」。藺相如前曰：「趙

4 讀音：joeng4〔佯〕'
5 讀音：ban3〔鬢〕
6 讀音：zyun3〔轉〕
7 讀音：ji3hot3〔意喝〕
8 讀音：muk6〔木〕

王竊聞秦王善為秦聲，請奏盆瓿[9]秦王，以相娛樂。」秦王怒，不許。於是相如前進瓿，因跪請秦王。秦王不肯擊瓿。相如曰：「五步之內，相如請得以頸血濺[10]大王矣！」左右欲刃相如，相如張目叱之，左右皆靡。於是秦王不懌，為一擊瓿。相如顧召趙御史書曰「某年月日，秦王為趙王擊瓿」。秦之群臣曰：「請以趙十五城為秦王壽。」藺相如亦曰：「請以秦之咸陽為趙王壽。」秦王竟酒，終不能加勝於趙。趙亦盛設兵以待秦，秦不敢動。

　　既罷歸國，以相如功大，拜為上卿，位在廉頗之右。廉頗曰：「我為趙將，有攻城野戰之大功，而藺相如徒以口舌為勞，而位居我上，且相如素賤人，吾羞，不忍為之下。」宣言曰：「我見相如，必辱之。」相如聞，不肯與會。相如每朝時，常稱病，不欲與廉頗爭列。已而相如出，望見廉頗，相如引車避匿。於是舍人相與諫曰：「臣所以去親戚而事君者，徒慕君之高義也。今君與廉頗同列，廉君宣惡言而君畏匿之，恐懼殊甚，且庸人尚羞之，況於將相乎！臣等不肖，請辭去。」藺相如固止之，曰：「公之視廉將軍孰與秦王？」曰：「不若也。」相如曰：「夫以秦王之威，而相如廷叱之，辱其群臣，相如雖駑，獨畏廉將軍哉？顧吾念之，彊秦之所以不敢加兵於趙者，徒以吾兩人在也。今兩虎共鬥，其勢不俱生。吾所以為此者，以先國家之急而後私讎也。」廉頗聞之，肉袒負荊，因賓客至藺相如門謝罪。曰：「鄙賤之人，不知將軍寬之至此也。」卒相與驩，為刎頸之交。

📖 內容大意

　　文章選自《史記》，只是節錄了列傳開首有關廉頗及藺相如的部分。廉頗是戰國時的趙國名將，屢立戰功，拜為上卿。相反，藺相如出身寒微，一點也不起眼，是宦官頭領繆賢的家臣，他在秦趙外交之上表現突出，最後升職升到位在廉頗之上，兩人的磨擦亦因此激化。另一方面，秦自商鞅變法後，國力漸強。其時秦國在軍事和外交上，常常欺壓趙國，所以趙國對秦國非常畏懼。

　　文章主要記述「完璧歸趙」、「澠池之會」及「負荊請罪」三件重大歷史事件，以表現藺相如的機智勇敢，忠心愛國和寬宏大量的高尚人格，順道嘉許廉頗勇於改過的高尚情操。

9　讀音：fau2〔否〕
10　讀音：zin3〔箭〕

首先講「完璧歸趙」，秦昭王派使者向趙惠文王表示想用以十五座城池交換和氏璧。藺相如在繆賢的推薦下，代表趙國出使秦國。秦王拿到和氏璧後，並沒信守諾言。足智多謀的藺相如只好詐稱和氏璧有瑕疵，從秦王手中拿回和氏璧。之後睨住廷柱，要求秦王顯示誠意，否則和氏璧會變成玉碎。其後，藺相如深知秦王無誠意，便吩咐身邊的隨從暗地將這塊完整的璧玉帶回趙國。

藺相如立下大功，很快又升職又加薪。過了數年，秦王又想來「攞着數」。秦王假意想與趙國修好，約趙王舉行澠池之會。會中，秦王多次打算羞辱趙王，要他娛賓，但每次都被藺相如反客為主。最終，秦王在澠池之會上沒有佔到上風，掃興而歸。

藺相如再次立下大功，自然得到趙王賞賜，職級竟然高於廉頗。廉頗心生妒忌，想要羞辱藺相如。藺相如知道後，處處忍讓，表示應以國家為重。廉頗知道後既羞愧又感動，覺得自己做錯了，於是向藺相如負荊請罪。最後兩人成為好朋友，這篇長文亦終於大團圓結局。

寫作特色

首先，文章最令人印象深刻的手法是作者以多角度刻劃人物性格。例如語言及行動描寫，通過描述人物行為反映性格特徵。「澠池之會」上，相如要求秦王擊缻，渲染藺相如的膽識：「五步之內，相如請得以頸血濺大王矣」；又如「左右欲刃相如，相如張目叱之，左右皆靡」。藺相如膽識過人的形象因此栩栩如生。

作者亦善用襯托及對比手法。例如利用宦者頭領繆賢複述往事，襯托藺相如智謀過人；再以其他人的性格襯托藺相如的性格特點，如以秦王的狡猾及傲慢，反襯相如的正直、機智和勇敢。又如趙王的猶豫不決，反襯廉頗和藺相如的政治識見。最重要的是，廉頗狹隘的心胸，亦反襯出藺相如的寬宏。如果參加金像獎，藺相如跟廉頗一定會分奪最佳男主角和最佳男配角。

最後，文章順序敘事，條理分明。文章首先介紹廉頗及藺相如的出身及地位，為下文的情節發展作鋪墊。然後才詳細敘述「完璧歸趙」、「澠池之會」及「負荊請罪」三個故事，讓情節發展一步步到位。

🖺 生活應用

　　各位同學，我想藉這篇文章講解一些錯別字，大家要留意，「完璧歸趙」的「完」，本意是完整，但同學十寫九錯，一般會寫成「原來」的「原」。另外，「璧玉」的「璧」字，底下有個玉字，跟「壁報」的「壁」，最下的土字是不同的，要小心啊！

　　最後，藺相如同廉頗結為刎頸之交，藉指兩個人是可以共患難的知己。不過，有些同學不太細心，亦想當然，將刎頸之交的「刎」字寫成「接吻」的「吻」字，請再三小心！

干寶　宋定伯捉鬼

撰文：蒲葦、吳曉鋒

掃碼看視頻

📄 原文

　　南陽宋定伯年少時，夜行逢鬼。問之，鬼言：「我是鬼。」鬼問：「汝復誰？」定伯誑[1]之，言：「我亦鬼。」鬼問：「欲至何所？」答曰：「欲至宛市。」鬼言：「我亦欲至宛市。」遂行。

　　數里，鬼言：「步行太遲，可共遞相擔，何如？」定伯曰：「大善。」鬼便先擔定伯數里。鬼言：「卿太重，將非鬼也？」定伯言：「我新鬼，故身重耳。」定伯因復擔鬼，鬼略無重。如是再三。定伯復言：「我新鬼，不知有何所畏忌。」鬼答言：「惟不喜人唾。」於是共行。道遇水，定伯令鬼先渡，聽之，了然無聲音。定伯自渡，漕漼[2]作聲。鬼復言：「何以有聲？」定伯曰：「新死，不習渡水故耳，勿怪吾也。」

　　行欲至宛市，定伯便擔鬼肩上，急執之。鬼大呼，聲咋咋然。索下，不復聽之。徑至宛市中下地，化為一羊，便賣之。恐其變化，唾之。得錢千五百，乃去。

📄 內容大意

　　初中不時會讀到一篇有趣短文，叫〈宋定伯捉鬼〉。

　　故事講述，宋定伯年輕的時候，有一晚遇見鬼。他年少氣盛，膽子大，竟假裝自己亦是鬼。鬼亦不以為然，以為遇到同路人了，於是決定結伴一同前去宛市。行了幾里路，鬼覺得有點累，建議輪流揹大家上路。鬼背起定伯，驚覺很重，起了疑心，定伯於是狡辯說自己剛過身，所以有重量。

　　他裝傻扮懵，說自己是新鬼，未熟悉鬼怪之事，他詢問鬼，鬼最怕是甚麼？於是鬼毫無防範地答道，是人的唾沫。及後他們來到河前，過河時鬼沒有發出聲音，怎

1　讀音：gwong2〔廣〕
2　讀音：ceoi2〔取〕

知定伯竟發出嘩啦嘩啦的濺水聲。鬼當然再度起疑，定伯立即解釋自己剛成鬼不諳水性，竟能再胡混過關。

當快要到目的地時，定伯突然露出真面目，緊緊抓住鬼，鬼受驚慘叫，可能過於驚嚇，竟然變成了羊。定伯為保障自己，向鬼吐了他們最怕的唾沫，最後還賣了他來賺錢。有時候，人心比鬼更可怕，定伯這次可謂「魔高一尺，道高一丈」，我們要緊記「防人之心不可無」，不要輕易信人，否則下場就好像鬼一樣了。

寫作特色

作者干寶用對話的方式貫穿整個故事，例如定伯遇鬼時不慌不忙，反而沉着應付，佯稱「我是鬼」，鬼以為他是同類，就消除了戒心。

後來，定伯差點被識破，兩次都提出「我新鬼」、「新死」這些理由去掩飾，最終成功制服對方。文中對話簡潔而傳神，令場景生動又逼真，定伯的冷靜機智跟鬼的笨拙形成鮮明的對比。

生活應用

各位同學，將來出來社會工作時，就會明白人心險惡，所謂「路遙知馬力，日久見人心」，「害人之心不可有，防人之心不可無」；必須用時間去看清楚一個人是否值得信任，否則很易碰壁。記得要學習宋定伯這樣抱着「知己知彼，百戰百勝」的心態，才是取勝之道。

諸葛亮　出師表

撰文：蒲葦

掃碼看視頻

📑 原文

先帝創業未半，而中道崩殂。今天下三分，益州疲弊，此誠危急存亡之秋也！然侍衛之臣，不懈於內；忠志之士，忘身於外者，蓋追先帝之殊遇，欲報之於陛下也。

誠宜開張聖聽，以光先帝遺德，恢弘志士之氣；不宜妄自菲薄，引喻失義，以塞忠諫之路也。

宮中、府中，俱為一體；陟罰臧否[1]，不宜異同。若有作奸、犯科，及為忠善者，宜付有司，論其刑賞，以昭陛下平明之治；不宜偏私，使內外異法也。

侍中、侍郎郭攸之、費[2]禕[3]、董允等，此皆良實，志慮忠純，是以先帝簡拔以遺陛下。愚以為宮中之事，事無大小，悉以咨之，然後施行，必能裨[4]補闕漏，有所廣益。將軍向寵，性行淑均，曉暢軍事，試用於昔日，先帝稱之曰「能」，是以眾議舉寵為督。愚以為營中之事，悉以咨之，必能使行[5]陣和睦，優劣得所。

親賢臣，遠小人，此先漢所以興隆也；親小人，遠賢臣，此後漢所以傾頹也。先帝在時，每與臣論此事，未嘗不歎息痛恨於桓、靈也！侍中、尚書、長[6]史、參軍，此悉貞良死節之臣也，願陛下親之、信之，則漢室之隆，可計日而待也。

臣本布衣，躬耕於南陽，苟全性命於亂世，不求聞達於諸侯。先帝不以臣卑鄙，猥[7]自枉屈，三顧臣於草廬之中，諮臣以當世之事；由是感激，遂許先帝以驅馳。後值傾覆，受任於敗軍之際，奉命於危難之間，爾來二十有一年矣。先帝知臣謹慎，故臨崩

1　讀音：pei2〔鄙〕
2　讀音：bei3〔痺〕
3　讀音：ji1〔依〕
4　讀音：bei1〔卑〕
5　讀音：hong4〔杭〕
6　讀音：zoeng2〔掌〕
7　讀音：wai2〔偉〕

寄臣以大事也。受命以來，夙夜憂歎，恐託付不效，以傷先帝之明。故五月渡瀘，深入不毛。今南方已定，兵甲已足，當獎率三軍，北定中原，庶竭駑[8]鈍，攘除奸凶，興復漢室，還於舊都。此臣所以報先帝而忠陛下之職分也。至於斟酌損益，進盡忠言，則攸之、禕、允之任也。

願陛下託臣以討賊興復之效；不效，則治臣之罪，以告先帝之靈。若無興德之言，則責攸之、禕、允等之慢，以彰其咎。陛下亦宜自謀，以諮諏善道，察納雅言，深追先帝遺詔。臣不勝受恩感激。今當遠離，臨表涕零，不知所言！

📖 內容大意

漢代末年，魏、蜀、吳三國鼎立。蜀漢憑藉地利，仍有可爭之道。可惜，蜀國在彝陵之戰中敗於吳國，劉備更卒於白帝城，陣中重要戰將如關羽、張飛亦相繼敗亡，蜀漢國力大不如前，諸葛亮決定反守為攻，平定南方後，出兵伐魏，並在臨行前向後主上了這道奏章，表明心跡。

諸葛亮上表後主劉禪，其一是陳述出師原因，其二就是為國內的大小事務作妥當的安排，希望後主能在這危急存亡之秋，勵精圖治，並杜絕小人進讒之路。

諸葛亮出師北伐，除了因為他背負先帝託孤的遺願，希望能興復漢室外，更重要的原因是形勢使然，如箭在弦上，不得不發。文章一開首就提及蜀漢面對的不利形勢，引起劉禪注意，證明諸葛亮真是談判高手。文章君臣語同父子語交織，情理兼備，動人至深。遠大的理想與殘酷的現實相交，令此文加添一份強烈的哀愁色彩。

📖 寫作特色

平心而論，這類文章難度很高。劉禪是諸葛亮的後輩，但職級上卻是他的上司，既不能罵，但又不能置若罔聞。好一個諸葛亮，他採用「父子語」跟「君臣語」。既以親情打動後主，亦以大臣的立場作出理性分析。

文章包括動之以情。例如多次提及「先帝」，勸諫後主不忘先帝遺訓。他又自述身世，表明盡忠的心志，讓雙方拉近距離，降低對立感。

接着就是遊說，説之以理。例如討論君臣之分，講明彼此須各司其職。還有借古

8　讀音：nou4〔奴〕

諷今，希望後主以史為鑑。事關先漢興隆，是因為親賢遠小；後漢傾頹，皆因親小遠賢，不可不察。

📖 生活應用

　　中文科經常談及兩種修辭手法，很多同學亦弄不清楚，以致被扣分數，實在可惜。我所講的是「借代」跟「借喻」。借代是指借用某些特徵以代替想要描述的主角（即局部代全部）。描寫的主角，叫本體，代替他的特徵，叫借體。《出師表》剛巧有個借代的例子：臣本布衣。布衣借代平民百姓，因為平民百姓所着的是麻布衣服。以局部代全部。

　　至於借喻，則是借體同本體之間有關聯，有意義上的聯繫跟一定的相似度。例如「驚濤拍岸，捲起千堆雪」。是用「雪」借喻「浪花」，因為雪同浪花有相像的地方。相信在這麼詳細的解説之下，同學們下次一定不會再混淆。

第四章

兩漢六朝詩歌

漢樂府・上邪

撰文：蒲葦

掃碼看視頻

原文

上邪[1]，我欲與君相知，長命無絕衰。

山無陵，江水為竭。冬雷震震，夏雨雪。天地合，乃敢與君絕。

內容大意

不在乎天長地久，只在乎曾經擁有，浪漫。細心一想，又是否真的如此？既然在乎曾經擁有，何不追求天長地久！「如果要為這份愛加上一個期限，我希望是一萬年……」如果同學們有看過周星馳這套經典中的經典，應該對《西遊記大結局之仙履奇緣》這句對白毫不陌生。不過，我認為還未夠甜。同學們，在經典文學中，你知道哪首詩最口甜舌滑嗎？我認為，一定是漢樂府〈上邪〉這一首詩。

我真的很想永遠跟你在一起，多麼簡單，又多麼的動人。兩千多年前，愛情就是這樣直接。我希望與你相知相惜，直到地老天荒，立此為照。那麼，怎樣才叫地老天荒？看似抽象，其實詩中已經描繪得非常具體。

除非巍峨的山巒突然消失不見；滔滔不絕的江水終於乾涸枯竭；寒冬之際，雷聲翻滾；炎炎夏日，白雪紛飛；天與地驟然相交，聚合連接，直至以上我所述的現象全部同時發生，那時那刻，才是我們分開之時。要以上五種現象同時發生，機會可謂是零。歷史上雖沒法考證寫詩人是男是女，但亦無阻詩中散發的濃濃愛意。

寫作特色

全詩直率真摯，詩人善用烘托手法，連續舉出五種大自然不可能出現的現象，層層遞進，以比喻兩個人將長相廝守，永不分離。由此帶出，在愛情世界裏，全由感性

1　讀音：je4〔耶〕

主導。明代詩評家胡應麟評語：「〈上邪〉言情，短章中神品！」可謂浪漫至極。

🗐　生活應用

　　各位同學，你可能會有疑問，明明是上「邪」，為甚麼會讀成上「耶」？邪，固然可解作邪惡、不正當，但在古漢語的角度，邪本來作「耶」，是疑問助詞，一般用於句尾，表示疑問或感歎語氣。例如「是邪？非邪？」意思是「是嗎？不是嗎？」這首詩開首的一句「上邪」，意即「天啊！」表示感歎之意。因此，千萬不要直接讀成上「邪」！

漢樂府·陌上桑

撰文：蒲葦、陳翠玲

掃碼看視頻

📄 原文

日出東南隅，照我秦氏樓。秦氏有好女，自名為羅敷。

羅敷喜蠶桑，採桑城南隅。青絲為籠[1]繫，桂枝為籠鈎。

頭上倭[2]墮髻，耳中明月珠。緗綺為下裙，紫綺為上襦[3]。

行者見羅敷，下擔捋[4]髭[5]鬚。少年見羅敷，脫帽著帩[6]頭。

耕者忘其犁[7]，鋤者忘其鋤。來歸相怨怒，但坐觀羅敷。

使君從南來，五馬立踟躕。使君遣吏往，問是誰家姝[8]。

秦氏有好女，自名為羅敷。羅敷年幾何，二十尚不足，

十五頗有餘。使君謝羅敷，寧可共載不[9]，羅敷前置辭。

使君一何愚。使君自有婦，羅敷自有夫。東方千餘騎，

夫婿居上頭。何用識夫婿，白馬從驪[10]駒。青絲繫馬尾，

黃金絡馬頭。腰中鹿盧劍，可直千萬餘。十五府小史，

二十朝大夫，三十侍中郎，四十專城居。為人潔白皙，

鬑[11]鬑頗有鬚。盈盈公府步，冉冉府中趨。

坐中數千人，皆言夫婿殊。

1　讀音：lung4〔龍〕
2　讀音：wo2〔棵〕
3　讀音：jyu4〔如〕
4　讀音：lyut3〔劣〕
5　讀音：zi1〔雌〕
6　讀音：ciu3〔肖〕
7　讀音：lai4〔黎〕
8　讀音：zyu1〔朱〕
9　讀音：fau2〔否〕
10　讀音：lei4〔籬〕
11　讀音：lim4〔廉〕

📄 內容大意

〈陌上桑〉雖然是二千多年前的作品，但讀起上來仍很有時代感。詩人描寫一位採桑女子，人見人愛，她果斷地拒絕太守的追求，性格突出。

詩的開首，先為這位美麗女主角的出場作了鋪排。首句描述旭日東升，然後由遠而近，把目光聚焦在羅敷身上。詩人形容這位採桑女子為「青絲為籠繫，桂枝為籠鉤」，可謂清新脫俗。她採桑時用的是桂枝製成的竹籃，可見她不止貌美，還很勤奮工作。

欣賞羅敷的人，除了路人、少年，還有耕者。詩人利用幽默手法，有趣地描繪他們見完羅敷後皆神魂顛倒，真的不怕回家被太太「扭耳仔」嗎？詩人具體地呈現出羅敷的美貌及影響力。就在這個時侯，太守來到。他竟然亦拜倒其石榴裙下，大膽邀請羅敷一起乘車同遊。好一個羅敷，竟不懼強權，親自到太守面前斥責他：「請你死心吧，我已經有一位我很欣賞的丈夫了。」

📄 寫作特色

這首詩最令人印象深刻的寫作特色，是側面映襯，亦稱為間接描寫。例如，詩人不直接形容羅敷的外貌，而是通過「耕者忘其犁，鋤者忘其鋤」等描寫，透過其他人看見她的自然反應，來襯托其美艷動人之美。詩中所述，無論大小老幼，任誰都無法忽視羅敷的魅力。

📄 生活應用

各位女同學，讀完這首詩，你會否妒忌羅敷的美貌呢？又或者，羨慕她嫁給了一個型、英、帥的丈夫？

於文學作品中，幻想當然是天衣無縫的，可惜現實世界裏，卻是千瘡百孔。現今社會，擇偶條件講求男的要高、富、帥；女的則要白、富、美。其實，我們又怎能單靠財富或外表就找到真愛？

心善則美，我認為，與其強求一個外在條件滿分的人，不如找一個性格合拍，心地善良的人，對人對己，其實更為重要。

古詩十九首 · 行行重行行

撰文：蒲葦、陳翠玲

掃碼看視頻

原文

行行重行行，與君生別離。

相去萬餘里，各在天一涯。

道路阻且長，會面安可知？

胡馬依北風，越鳥巢南枝！

相去日已遠，衣帶日已緩。

浮雲蔽白日，遊子不顧返。

思君令人老，歲月忽已晚。

棄捐勿復道，努力加餐飯！

內容大意

要如何才可以擺脫對一個人的深沉思念？這首詩教曉我們，再傷心難過，亦要先照顧好自己，努力加餐飯。

為甚麼我們常說，整天不回家的人，是「無腳嘅雀仔」？原來這首詩亦有啟示，「越鳥巢南枝」，原屬南方的鳥，遠飛他鄉之後，為表思念，仍會在向南的樹枝上築巢。這首歌講述一名妻子對遠行丈夫的思念。

詩中，丈夫愈走愈遠，妻子的思念就愈強烈。天各一方，又無法得知對方消息，令人萬分苦惱，妻子的美好年華都花光了來等待，他日重聚，我已然又老又瘦，怎麼辦？後來，妻子終於想通了，她決定好好照顧自己，準時吃飯，希望日後見面時，大家仍健健康康。

寫作特色

　　這首詩採用對「君」傾訴的形式來深化情感。中段用胡馬與越鳥的對比，暗示胡馬依戀北方，越鳥依戀南方，鳥獸尚且思念故鄉，但遊子呢？卻渺無音訊。詩人深刻地將一位妻子的多疑善感，難以排遣的思念躍然於紙上。

　　另外，此詩妙在其形象化及生活化，令人深有共鳴。例如「衣帶日已緩」，透過衣帶已日漸寬鬆來具體呈現消瘦的形象。

生活應用

　　同學們，詩中最廣泛被應用的一句，是「努力加餐飯」。但不要忘記，前句是「棄捐勿復道」，意思是多吃碗飯吧。多吃碗飯，背後的深意是指要保持身體健康。

　　各位同學，當我們不斷追求理想，亦千萬不要忽視身體，如果無健康的體魄，所有夢想都是空想，祝大家日後身體健康，努力加餐飯！

佚名　木蘭詩

撰文：蒲葦、吳曉鋒

掃碼看視頻

📄 原文

唧唧復唧唧[1]，木蘭當戶織。不聞機杼[2]聲，惟聞女歎息。問女何所思，問女何所憶。「女亦無所思，女亦無所憶。昨夜見軍帖，可汗[3]大點兵。軍書十二卷，卷卷有爺名。阿爺無大兒，木蘭無長兄。願為市鞍馬，從此替爺征。」

東市買駿馬，西市買鞍韉[4]，南市買轡[5]頭，北市買長鞭。旦辭爺娘去，暮宿黃河邊；不聞爺娘喚女聲，但聞黃河流水鳴濺濺[6]。旦辭黃河去，暮至黑山頭；不聞爺娘喚女聲，但聞燕山胡騎[7]聲啾啾[8]。

萬里赴戎機，關山度若飛。朔[9]氣傳金柝[10]，寒光照鐵衣。將軍百戰死，壯士十年歸。

歸來見天子，天子坐明堂。策勳十二轉，賞賜百千彊[11]。可汗問所欲，「木蘭不用尚書郎；願借明駝千里足，送兒還故鄉。」

爺娘聞女來，出郭相扶將。阿姊聞妹來，當戶理紅妝。小弟聞姊來，磨刀霍霍向豬羊。開我東閣門，坐我西閣牀；脫我戰時袍，著我舊時裳；當窗理雲鬢，對鏡帖[12]花黃。出門看伙伴，伙伴皆驚惶：「同行十二年，不知木蘭是女郎！」

雄兔腳撲朔，雌兔眼迷離；兩兔傍地走，安能辨我是雄雌？

1　讀音：zik1〔即〕
2　讀音：cyu5〔柱〕
3　讀音：hak1hon4（克寒）
4　讀音：zin1〔煎〕
5　讀音：bei3〔臂〕
6　讀音：zin1〔煎〕
7　讀音：kei3〔冀〕
8　讀音：zau1〔周〕
9　讀音：sok3〔索〕
10　讀音：tok3〔托〕
11　讀音：koeng4〔強〕
12　讀音：tip3〔貼〕

內容大意

從前，有一位奇女子，名叫木蘭，有人説她姓花，不過並沒有實據。她一邊勤力織布，一邊歎息，家人見她滿懷少女心事，莫非她有了意中人？一問之下，原來愛女是擔心朝廷徵兵的事。父親年紀老邁，家中又無長子，令她甚為憂心。一向孝順的木蘭，決定代父從軍，此舉實在無比英勇，大家都很佩服。

同學們可能會想，木蘭是如何欺騙世人的？難道她偽造身份？無論如何，她靠着女扮男裝，成功代父入伍。木蘭準備好裝備後立即出發，心裏一邊記掛父母，一邊擔心自己未受過特別訓練就要硬着頭皮上戰場會很危險，着實是孝感動天。好人有好報，雖然是女兒身，她捱過了十年艱苦的行軍生活，還打了勝仗，凱旋歸來。天子特別召見想重賞她，但清高的她不要尚書郎這個高官名位，一心只想要匹駱駝，盡快趕返家鄉見家人。

家人終於等到與愛女團圓的日子，宰豬宰羊，喜氣洋洋地迎接女兒。木蘭終於做回自己，經過一輪悉心打扮，她一現身即驚豔全場，多年來跟她出生入死的戰友立刻嚇得驚惶失措。多年來征戰沙場的好兄弟，怎麼會是名亭亭玉立的少女？一眾男生都怪責自己太遲鈍，對木蘭是女兒身竟然懵然不知，得見木蘭的高尚情操，無不扼腕歎息，自愧不如。

寫作特色

〈木蘭詩〉這詩，大家幾乎都背誦如流，其中重要的原因是它運用了靈活多變的修辭。作者運用排比句，如「東市買駿馬，西市買鞍韉，南市買轡頭，北市買長鞭」，讀起來有節奏感，富音樂美。

詩到最後用了雌雄雙兔一起奔跑作比喻，一隻腳撲朔，一隻眼迷離，難分男女。時至今日，「撲朔迷離」成為了常用成語，以形容事物錯綜複雜，真相難明。

生活應用

各位同學，木蘭的一片孝心令她無所畏懼地走上戰場，除了以出神入化的易服技巧及演技來完勝外，當然還要捱得苦，才能完成不可能的任務。其實只要願意克服困難，總有機會發掘到自我潛能，甚至被自己的耐力嚇了一跳也説不定呢。同學們請緊記，男女平等，我們無須被性別定型，男或女都可以撐起一片天！

曹操　短歌行

撰文：蒲葦、朱少程

掃碼看視頻

原文

對酒當歌，人生幾何！譬如朝露，去日苦多。

慨當以慷，憂思[1]難忘。何以解憂？唯有杜康。

青青子衿[2]，悠悠我心。但為君故，沉吟至今。

呦呦鹿鳴，食野之苹[3]。我有嘉賓，鼓瑟吹笙。

明明如月，何時可掇？憂從中來，不可斷絕。

越陌度阡，枉用相存。契[4]闊談讌，心念舊恩。

月明星稀，烏鵲南飛。繞樹三匝[5]，何枝可依？

山不厭高，海不厭深。周公吐哺，天下歸心。

內容大意

　　常言道，酒醉三分醒。喝醉的人，是真醉還是假醉？這首詩是曹操晚年所寫，赤壁之敗後，他受到極大教訓，喝了那麼多酒，還可以清醒地招募人才，表達建功立業的決心，不愧是一代梟雄。

　　「對酒當歌」，人生又有幾多機會可以如此盡興？人生苦短，能夠解憂的，似乎只有杜康所造的酒。相比起茫茫宇宙，人生何其渺小，能有所成就，就更加不易了。要成就大業，就得靠人才幫忙，曹操說，他對人才的渴慕，就好比周公一飯三吐哺這麼有誠意。

1　讀音：si3〔試〕
2　讀音：kam1〔襟〕
3　讀音：ping4〔萍〕
4　讀音：kit3〔揭〕
5　讀音：zaap3〔習〕

📋 寫作特色

這首詩很特別，前後形成兩個悲憂跟歡樂的大合奏，表達了詩人起伏不平的心情，語意上層層遞進，不斷強調老年的他仍懷有雄心壯志。

詩中兼融典故，倍添雅意。例如曹操以周公自比，表示自己也有周公一樣的胸襟，迎納賢才。「繞樹三匝，何枝可依」，比喻人才尋找歸宿，無所依託，既表達惋惜之情，亦暗示他才是伯樂。

📋 生活應用

全詩最尾一句，「周公吐哺」，出處其實是司馬遷的《史記》。他形容周公「一飯三吐哺，起以待士，猶恐失天下之賢人」。意思是周公吃一餐飯，要多次吐出食物。為甚麼呢？原來是為了具體呈現周公多麼求賢若渴，一旦有人才來訪，就要停下來接待，襯托出他對人才的重視。各位同學，日後可能有很多伯樂亦會為見你而寧願不吃晚餐。只要努力，同學們一定能夠成才！

曹植　七步詩

撰文：蒲葦、朱少程

掃碼看視頻

原文

煮豆持作羹，漉[1]菽[2]以為汁。

萁[3]在釜下燃，豆在釜中泣。

本是同根生，相煎何太急？

內容大意

這首詩的作者曹植獲得歷代文人的讚譽：南朝謝靈運讚「天下才有一石[4]，曹子建獨佔八斗」。餘下兩斗是誰？當然不是我了，是謝靈運跟其他一眾文人。

「本是同根生，相煎何太急？」這句詩在民間流傳甚廣，千百年來成為了人們勸戒兄弟姐妹不要互相殘殺與陷害的普遍用語。

話說，曹操有二十五個兒子，當中以長子曹丕與三子曹植最為人所認識。據《世說新語》記載，曹丕稱帝後，仍放不下曹植與其爭奪王位的事，又妒忌他的文學才華。故下令他七步成詩，詩中須含有兄弟之意而無兄弟二字，否則就將其處死。最後，曹植以「煮豆」為題材，作成此詩，來表達兄弟相殘的悲哀，最終曹丕因感到羞愧而放過他。

寫作特色

曹植以豆子、豆萁比喻兄弟，寓意明暢。作者同時運用擬人法，富於形象。例如描寫萁豆相煎的情況，豆子在鍋中被煮而發出的聲音就像飲泣，曹植將感情投射到豆子上，飲泣的其實是他，委婉地向曹丕控訴不滿。

1　讀音：luk6〔鹿〕
2　讀音：suk6〔屬〕
3　讀音：kei4〔其〕
4　讀音：daam3〔擔〕

此外，詩中的「汁」、「泣」、「急」皆押韻，且都是急促的入聲，隱隱然象徵曹植激憤的心情，令人印象深刻。

生活應用

現代社會也會出現「本是同根生，相煎何太急」的情況，多數是豪門子女爭產或私人集團爭繼任權等，最後弄至對簿公堂。相信以各位同學的年紀，跟兄弟姐妹亦不免會為玩具誰屬而吵架、打架，事後很快就和好，算是輕量版的「本是同根生，相煎何太急」吧！

所以，如果日後遇到兄弟姐妹出現紛爭，請緊記曹植的〈七步詩〉，必定有所啟發！就算只是好朋友，同樣可用，好朋友亦能稱兄道弟的！

第五章

唐代散文

韓愈　師說

撰文：蒲葦

掃碼看視頻

📑 原文

　　古之學者必有師。師者，所以傳道、受業、解惑也。人非生而知之者，孰能無惑？惑而不從師，其為惑也終不解矣。

　　生乎吾前，其聞道也，固先乎吾，吾從而師之；生乎吾後，其聞道也，亦先乎吾，吾從而師之。吾師道也，夫庸知其年之先後生於吾乎？是故無貴無賤，無長無少，道之所存，師之所存也。

　　嗟乎！師道之不傳也久矣！欲人之無惑也難矣！古之聖人，其出人也遠矣，猶且從師而問焉；今之眾人，其下聖人也亦遠矣，而恥學於師；是故聖益聖，愚益愚，聖人之所以為聖，愚人之所以為愚，其皆出於此乎！

　　愛其子，擇師而教之，於其身也則恥師焉，惑矣！彼童子之師，授之書而習其句讀者，非吾所謂傳其道、解其惑者也。句讀之不知，惑之不解，或師焉，或不焉，小學而大遺，吾未見其明也。

　　巫、醫、樂師、百工之人，不恥相師；士大夫之族，曰師、曰弟子云者，則群聚而笑之。問之，則曰：「彼與彼年相若也，道相似也。」位卑則足羞，官盛則近諛。嗚呼！師道之不復，可知矣。巫、醫、樂師、百工之人，君子不齒，今其智乃反不能及，其可怪也歟！

　　聖人無常師，孔子師郯子、萇弘、師襄、老聃。郯子之徒，其賢不及孔子。孔子曰：「三人行，則必有我師。」是故弟子不必不如師，師不必賢於弟子；聞道有先後，術業有專攻，如是而已。

　　李氏子蟠，年十七，好古文，六藝經傳，皆通習之；不拘於時，學於余。余嘉其能行古道，作《師說》以貽之。

📑　內容大意

　　韓愈三十五歲時，擔任國子監四門博士，銜頭好像很厲害，其實官位並不高。當時的社會風氣不好，「恥學於師」，竟然認為從師學習是羞恥，真是大錯特錯。他們說「位卑則足羞，官盛則近諛」，即是說拜地位低的人為師，是羞恥；拜地位高的人為師就是阿諛奉承。韓愈寫這篇文章，就是為了反對這種錯誤的風尚，他提出「古之學者必有師」、「道之所存，師之所存也」的主張，以匡正時弊。我身為老師，當然支持韓愈的觀點。

　　韓愈認同孔子所講的，「三人行，必有我師」，幾個人走在一起，其中一定有一個人是學習的對象。因為每人的長處都不同，只要有學習的胸襟，自然就會有學習的對象。正所謂「弟子不必不如師，師不必賢於弟子」。

　　韓愈不受世俗影響，仍然招收學生，以老師自命，抗擊社會之歪風。文章確立中心論點「古之學者必有師」，認為老師的角色是傳承儒家道統、教授儒家經典、解決學生面對的學業及人生困惑，確立了老師的使命，直到今日，依然廣為傳頌。

📑　寫作特色

　　文章以「師說」為題，表明這是一篇有關師道的議論文。議論文最重要是有氣勢，例如文章一開首，立即開門見山，指出「古之學者必有師」，確立中心論點，非常爽快。接着韓愈以古代大聖人孔子為例，有力說明先賢聖哲對從師的看法，可以講是訴諸權威，更有說服力。

　　此外，作者運用錯綜多變的句式，令到文氣磅礡，跌宕有致。文章句式以散句為主，夾雜排偶，讀起來錯落有致，例如第三段，夾雜偶句如「聖益聖，愚益愚」、「聖人之所以為聖，愚人之所以為愚」等。文中亦多用反問句和感歎句，如「人非生而知之者，孰能無惑？」、感歎句「嗟乎！師道之不傳也久矣！欲人之無惑也難矣！」加強了感情表達，氣勢可謂咄咄逼人。

📑　生活應用

　　韓愈，字退之。愈，是過的意思，為了顯得謙卑，所以他決定表字退之，讓自己比較平和。同樣道理，要跟人學習，就要保持謙卑之心，別人才會樂於提點。

　　當然，從師學習，都可以很廣泛。例如我看電視時，都可以跟基斯坦奴‧朗拿度學踢足球，又或跟火箭奧蘇利雲學習桌球，還可以跟鼎爺學烹飪呢！至於有沒進步，就是另外一回事了。除了技術層面，最重要的是學習心目中老師們的成功心得，例如永不放棄的精神、不恥下問的胸襟，以及他們不斷求進步的決心。

　　各位同學，如果每日都能夠學到一點東西，那就太好了，你今日學到甚麼，又師從誰呢？無論如何，千萬不要忘記要感謝教導我們的老師，最重要是學懂尊師重道。

韓愈　馬説

撰文：蒲葦

掃碼看視頻

📄 原文

　　世有伯樂，然後有千里馬。千里馬常有，而伯樂不常有。故雖有名馬，祇辱於奴隸人之手，駢死於槽櫪之間，不以千里稱也。

　　馬之千里者，一食或盡粟一石。食馬者不知其能千里而食也。是馬也，雖有千里之能，食不飽，力不足，才美不外見，且欲與常馬等不可得，安求其能千里也？

　　策之不以其道，食之不能盡其材，鳴之而不能通其意，執策而臨之曰：「天下無馬！」嗚呼！其真無馬邪？其真不知馬也！

📄 內容大意

　　《馬説》是韓愈初登仕途時的作品，他鬱鬱不得志，考了三次公開試都落第。又三次上書，自薦擔任宰相，但最後都沒受重用，所以有「千里馬常有」而「伯樂不常有」之歎。

　　伯樂，據説是真有其人，善於相馬，相傳是秦穆公時代的人。與伯樂相對的，是一般飼馬者。他們不了解千里馬的特點，令千里馬吃不飽足，所以力氣不夠，無法施展牠們真正的才能。

　　千里馬因為沒有得到專業培訓，淪為平庸之輩。因為無好馬，竟然有人指責説：「天下無馬」、「天下無人才」，根本是本末倒置。韓愈為千里馬伸冤，亦為自己，為天下間有才能的人抒發有志難伸的悲憤。天下並非無馬，只是沒人懂得欣賞及珍惜。

📄 寫作特色

　　文章的最大特色是通篇説馬，但又句句是喻人，以千里馬不遇伯樂，來比喻賢才不遇明主。韓愈論馬，是藉馬作個人寫照，指他具備千里馬的才能，但就是沒法盡展所長。

全文首尾呼應，更連用十一個「不」字，由開首説「伯樂不常有」，到最後「其真不知馬也！」氣勢連貫，互相呼應，控訴有力。

🗐 生活應用

各位同學，你們會否覺得自己懷才不遇？常言道，這世界根本沒有懷才不遇，只要你有真材實料，一定會有人賞識。你同意嗎？當然，如果這份唏噓能成為鞭策自己的動力，變成更好的人，那是最好的；若然懷材不遇的不忿讓你變得自暴自棄，這就不好了。其實我們不該過分執著於有沒有人欣賞自己，因為我們可以成為自己的伯樂，自我肯定，這樣就總有成功的一天。

劉禹錫　陋室銘

撰文：蒲葦、何依雯

掃碼看視頻

原文

山不在高，有仙則名。水不在深，有龍則靈。斯是陋室，惟吾德馨。苔痕上階綠，草色入簾青。談笑有鴻儒，往來無白丁。可以調素琴，閱金經。無絲竹之亂耳，無案牘之勞形。南陽諸葛廬，西蜀子雲亭。孔子云：何陋之有？

內容大意

陋室的意思，是簡陋的斗室；而銘，則是古代刻在器物上，用來警戒自己或稱述功德的文字，後來演變成為一種文體。我們經常討論的「蝸居」，文雅的說法就是「斗室」。文中所講的就是劉禹錫所住的斗室。

他的斗室確實相當簡陋，只有一房，一床、一桌和一椅，但劉禹錫看來一點都不介意，因為往來的都是投契的學者。再者，他被貶後，反而無須糾纏於令人勞累的文件，所以，劉禹錫不禁引用孔子的一句：此室又何簡陋之有呢。最重要是自己感覺舒適，不必刻意與別人比較。

寫作特色

只要居住的人品德高尚，自然一室芳香。其次，他用南陽諸葛草廬、西蜀子雲亭類比陋室，表達自己不願隨波逐流的崇高理想，隱含「君子居之」的深意，暗示自己是名君子。

他又暗示，如果跟自己來往的人志趣相投，住屋簡陋又有甚麼所謂呢？題目雖叫陋室，但作者卻從側面入手，不斷解釋其不陋，而且全面涵蓋景物人事這四方面，令人回味。

生活應用

　　住半山、住豪宅就一定開心了嗎？其實不一定，最重要是適意。就好像劉禹錫寫的這篇〈陋室銘〉，表現了作者安貧樂道的高雅情操。即使居室簡陋、物質貧乏，但只要品德高尚、生活過得充實，住在蝸居都沒甚麼大不了的。

　　這篇文章令我想起一個活生生的例子，記得那時候受新冠肺炎影響，有位歌手發起了一場慈善演出。他在自己的房子裏進行直播，有網民看過之後就恥笑他房間太過簡陋，這位歌手一笑置之，也沒有回應，反正他是以實力取勝，而且心中亦只想為醫護出一分力。

　　我希望這個生活實例可以提醒同學們不要受物慾控制，外在風光只能獲得一瞬間優越感，過後，心靈還是空虛的。只有務實，以知識充實自己，以愛關懷身邊的人，人生才能更豐盛。

柳宗元 始得西山宴遊記

撰文：蒲葦

掃碼看視頻

原文

　　自余為僇人，居是州，恆惴慄。其隙也，則施施而行，漫漫而遊。日與其徒上高山，入深林，窮迴溪，幽泉怪石，無遠不到。到則披草而坐，傾壺而醉。醉則更相枕以臥，臥而夢。意有所極，夢亦同趣。覺而起，起而歸。以為凡是州之山有異態者，皆我有也，而未始知西山之怪特。

　　今年九月二十八日，因坐法華西亭，望西山，始指異之。遂命僕，過湘江，緣染溪，斫榛莽。焚茅茷，窮山之高而止。攀援[1]而登，箕踞而遨，則凡數州之土壤，皆在衽[2]席之下。其高下之勢，岈然窪然，若垤若穴，尺寸千里，攢蹙[3]累積，莫得遯隱。縈青繚白，外與天際，四望如一。然後知是山之特出，不與培塿[4]為類。悠悠乎與灝氣俱，而莫得其涯；洋洋乎與造物者遊，而不知其所窮。引觴滿酌，頹然就醉，不知日之入。蒼然暮色，自遠而至，至無所見，而猶不欲歸。心凝形釋，與萬化冥[5]合。然後知吾嚮之未始遊，遊於是乎始，故為之文以志。是歲元和四年也。

內容大意

　　柳宗元被貶為永州司馬，鬱鬱不得志。永州地方荒蕪，窮山惡水，官職也屬投閒置散之職，他終日「呻到樹上雀仔都跌落嚟」，這樣下去亦不是辦法，唯有寄情山水，期望有不一樣的發現。

　　果然，在柳宗元發現西山這個地方後，感受深刻。甚或，他覺得「曾經滄海難為水」，原來以前的旅行都是白行，那些所謂名勝，莫說五星級，其實是一星亦未算。

1　讀音：jyun4〔袁〕
2　讀音：jam6〔任〕
3　讀音：cyun4cuk1〔全速〕
4　讀音：lau4〔樓〕
5　讀音：ming4〔明〕

現在發現西山，登上西山才是真正遊覽的開始。柳宗元借景抒情，通過描寫西山之奇特，抒發登山的樂趣和感受，最重要的是藉西山特立超群的形象，比喻自己不隨波逐流的高潔品格。

西山最獨特之處是：高。登上西山後，柳宗元得以頓悟個體之渺小，相對於無窮無盡的宇宙，一個人的成敗得失根本微不足道，何必要自尋煩惱，時時覺得有所遺憾呢？於是，他的心境豁然開朗，精神得以解脫，並與西山融為一體，遺世獨立，亦終於找回自己。

📄 寫作特色

文章最令人印象深刻的地方，就是善用映襯跟對比。映襯是指以其他事物來烘托描寫對象。例如作者以永州其他山水來映襯西山，先寫自己以為已經遊遍永州的「幽泉怪石」，發現西山後，才驚訝西山的「怪特」，突出「始得西山」的喜悅。然後又側面以鄰近地方的地勢映襯西山之高。「凡數州之土壤，皆在衽席之下」。

作者亦用不同角度描寫四周景物之渺小，以襯托西山之高峻。既可作對比，亦可突出事物的差異，讓主旨更鮮明。例如作者遊西山前，滿腹抑鬱；遊西山後，則豁然開朗，更顯西山之價值。

第二，是作者描寫景物時，善用移步換景手法。作者「過湘江，緣染溪」至「斫榛莽，焚茅茷」，邊走邊記，好像帶領讀者親歷其境。加上句子短促，正正有點像步行的節奏，讓人期待快些登上西山，增加了文章的動感。頂真句之運用，令前後連接，使語氣銜接，如不間斷的步伐。例如「幽泉怪石，無遠不到。到則披草而坐，傾壺而醉。醉則更相枕以臥，臥而夢。意有所極，夢亦同趣。覺而起，起而歸。」此段文字以「到」、「醉」、「臥」、「起」四字頂接上句，文氣相當連貫，一氣呵成。

最後是託物喻志。作者寫山超群獨特，卻被世人忽略，寄寓自己就像西山一樣，等待被發掘，亦有待賞識。賞識西山的是我柳宗元，他日賞識我柳宗元的，又會是誰呢？

📄 生活應用

全篇文章，我印象最深刻的一句是：「心凝形釋，與萬化冥合」，意思是，心神凝

聚安定，形體無拘無束，並能與萬物融合為一，驟聽下去好比練功的最高境界，這境界，是否那麼難達到呢？其實未必。

　　各位同學，當我們的精神正被世俗事物困擾的時候，不妨學習柳宗元，挑一座高山去征服，當你慢慢登頂之際，那份滿足實在難以形容。在山頂盡情眺望腳下風景，放空自己，感受大自然的力量，深呼吸一口新鮮空氣，靜靜聆聽大自然的聲音。潤物細無聲，洗滌心靈，清空煩惱，他日又可以重新出發，接受新的挑戰。

李白　春夜宴桃李園序

撰文：蒲葦

掃碼看視頻

原文

　　夫天地者，萬物之逆旅；光陰者，百代之過客。而浮生若夢，為歡幾何？古人秉燭夜遊，良有以也。況陽春召我以煙景，大塊假我以文章，會桃李之芳園，序天倫之樂事。群季俊秀，皆為惠連；吾人詠歌，獨慚康樂。幽賞未已，高談轉清，開瓊筵以坐花，飛羽觴而醉月。不有佳作，何伸雅懷？如詩不成，罰依金谷酒數。

內容大意

　　人生不如意事十常八九，遇到挫折，難道只能自暴自棄嗎？李白這篇文章教會我們，原來面對挫折，亦可灑脫而不消沉。文章一開首就敘述他跟諸堂弟在開滿桃花的園中宴飲的情境，以抒發暢聚天倫的樂趣，眾人相當投入，怡然自得，充滿雅興。李白以這種情懷來面對「浮生若夢，為歡幾何」，最後以及時行樂，悠然自得作結，十分瀟灑。

　　桃花園之聚會，既有美景，亦集眾人才，舉杯之餘，當然少不得吟詩作對作為餘興節目。李白於文章中亦慨歎人生短促，縱使詩才第一，又能如何？只有及時珍惜眼前美景，才算是不枉此生。不要想太多了，良辰、美景、知己俱在，還是作詩吧，作不出？罰酒一杯吧！

寫作特色

　　文章善用比喻，富於形象。例如將天地比喻為萬物的旅舍，以光陰比喻為百代之過客，亦以浮生來比喻人本是如夢一場，皆非常貼切。詩人亦運用擬人法，加強動感，如「陽春召我以煙景，大塊假我以文章」，是指陽春用美景吸引我，大自然則令我寫出美妙文章，藉以向大自然感恩，韻味深長。

📖 生活應用

　　有同學可能會駁斥老師，既然浮生若夢，連李白都整天喝酒，及時行樂，那我為甚麼還要努力讀書考試？其實，李白除了主張及時行樂外，亦強調要珍惜良辰美景，珍惜才華及善用現有條件。現今社會跟李白的時代完全不同，以前只要有文名，就可以做官，賣文為生，養妻活兒，有地位有俸祿。雖然現在我們未必可以效法，但我們可以學習李白的豪情及瀟灑。要緊記，及時行樂絕對不是不上進不努力的借口！

第六章

唐代詩歌

杜牧　山行

撰文：蒲葦

掃碼看視頻

原文

遠上寒山石徑斜，白雲生處有人家。

停車[1] 坐愛楓林晚，霜葉紅於二月花。

內容大意

　　遠離煩囂，才知道甚麼是寫意，真真正正能夠細心觀察與感受日常忽略的事物及意境。

　　深秋時分，詩人遊經山麓。他沿着一條彎彎曲曲的小徑，一直向山頂前行。抬頭一看，在白雲飄浮的地方有幾間房舍。眼前楓林晚景，如此動人，他一點亦不急於趕路，一邊走一邊慢慢欣賞。

　　夕陽還有餘暉，映照之下，霜凍的楓葉一片火紅，竟然比起二月的春花還要豔麗。一個「愛」字，刻劃出詩人的驚喜。在充滿寒意的時候，很多花草亦已凋零，只有這個楓樹林，受得住秋霜之餘，仍展現一片豔紅，看着眼前這片紅透半邊天的美態與生命力，怎能不駐足欣賞？

寫作特色

　　這首詩質樸自然，好比在我們感到疲累不堪，想停下來好好休息之際，詩人為我們奉上的一杯涼透心的白開水一樣，讓人心曠神怡。

　　沿着山徑走，幾乎渺無人跡，漸到高處，才發現有「人家」。用一「生」字，詩人寫活了白雲飄浮的動態，帶出動感，以及大自然與人家的互動關係。山本來是沒有路的，因為有「人家」，行的人多了，就成了路。所以人與自然的關係可以如此和諧。

1　讀音：ce1〔奢〕

生活應用

這首詩呈現出一個美好的畫面，「詩中有畫」，看似悲秋，其實是從另一個角度來觀賞深秋，秋天都可以生機處處。

以往不少學校亦會成立遠足學會，現在似乎愈來愈少了。一來怕師生太辛苦，二來很多同學現在都選一些較為靜態、不會流汗的娛樂，例如宅於房中打電玩。其實，遠足是很好的活動，一來可以強身健體，二來可以走出煩囂，呼吸新鮮空氣，還可以認識一草一木，了解草木的特質，有時還會不經意地發現一些秘密景點，風景美得令人驚歎。師生一起遠足，還可以增進師生情誼。「遠上寒山石徑斜」，再辛苦還是值得的。

駱賓王　詠鵝

撰文：蒲葦、何依雯

掃碼看視頻

📑 原文

鵝鵝鵝，

曲項向天歌。

白毛浮綠水，

紅掌撥清波。

📑 內容大意

有一首唐詩，我們在年紀很小時就開始讀了，就是駱賓王的〈詠鵝〉。駱賓王是初唐四傑之一，創作這首詩的時候，他只有七歲。

故事是這樣的，某天，駱家來了位客人，他見到小賓王聰明伶俐，就想考考他，指着眼前的一隻鵝，請他嘗試即席創作一首詩。

駱賓王望着池塘中的鵝，發揮小宇宙，生出無窮的想像力。他首先以「鵝鵝鵝」的叫聲作為引入，想像一隻鵝伸展彎曲的頸項仰天唱歌，雪白的羽毛漂浮在碧綠的水面上，紅色的腳掌就像船槳一樣，撥動清波。他用孩童的語言，成就了一個以白鵝做模特兒的畫面，率真自然，毫無雜質。

📑 寫作特色

這位小詩人觀察入微，用擬聲法描述鵝的鳴叫，先聲奪人，然後再描繪鵝仰天高歌的姿態，結合起來，可謂有聲有色。

着色詞的運用亦有助豐富畫面。白色的鵝毛，綠色的江水，對照鮮明；紅色的鵝掌，青色的水波，互相映襯，畫面細緻吸引。

「白毛浮綠水，紅掌撥清波」一句，動靜結合，動詞「浮」跟「撥」令整個畫面更

有動感。「浮」一字，描繪鵝兒在水中悠然自得；「撥」字則指牠在水中用力撥水，甚具層次。

生活應用

對於我們來説，提起鵝，多數也是想起燒鵝，幾乎無人會關心鵝的形態，以至牠的泳姿。我們每日都忙於應付測考、工作，不然就是專注於智能電話、網購、瀏覽社交媒體等。

不如找一日，難得地找一處賞鵝的好地方，傾聽一下牠們的聲音，欣賞牠們的姿態。其實，每一位孩童，都是一名小詩人，只要大家願意拾回童趣，説不定能感受更多生活的美好呢！

賀知章　回鄉偶書

撰文：蒲葦、何依雯

掃碼看視頻

原文

少小離家老大回，

鄉音無改鬢毛衰[1]。

兒童相見不相識，

笑問客從何處來。

內容大意

有個成語叫「衣錦還鄉」，指穿着錦繡衣服返回家鄉，比喻一個人功成名就之後光榮回鄉。賀知章的回鄉，都可以是一個例子。

天寶三年（公元744年），八十六歲的賀知章告老還鄉，唐玄宗寫詩為他送行，皇太子跟百官都為他餞別。事隔已五十多年，能回鄉之時，他已經兩鬢斑白，難免會有些感慨。

家鄉當然沒太多人認得他，賀知章感到既熟悉又陌生，熟悉的是自己家鄉的口音原來沒有改變；陌生的，則是迎面遇見的兒童，只當他是客人，還笑問他從何處來。

寫作特色

本詩題為「偶書」，意指內容源於生活，偶然所得。全詩寫來「真率自然」。首句詩人以「少小離家」與「老大回」作對比，突顯他離家已久，年華已衰。次句以「鬢毛衰」承接上句，具體寫出自己的「老大」之態，並以不變的「鄉音」映襯其變化，形成另一個強烈的對比。

第三、四句筆鋒一轉，藉兒童簡短無意的問話，令詩人穿梭於回憶與現實中，結

1　讀音：ceoi1（摧）

尾好像有問無答，實則亦有弦外之音。

📄 生活應用

　　說到家鄉，香港的小朋友可能印象很模糊，很多同學甚至不知家鄉是何地，或者我們換換角度，你記得自己小學及中學的母校嗎？

　　不如找一天探訪母校，你或者更能感受賀知章的心情。重回校園，裏面的一草一木、球場、課室、一桌一椅，或許都沒太大改變，但卻是物是人非。昔日在球場、試場上並肩作戰的同窗，已被一群年輕的學弟學妹所取替，大家都各散東西，確實令人百感交集。

王昌齡　芙蓉樓送辛漸

撰文：蒲葦

掃碼看視頻

📑 原文

寒雨連江夜入吳，

平明送客楚山孤。

洛陽親友如相問，

一片冰心在玉壺。

📑 內容大意

在唐代詩壇，王昌齡有「詩家天子」、「七絕聖手」的稱號。他的一首送別詩〈芙蓉樓送辛漸〉，可謂享負盛名。

芙蓉樓原名西北樓，位於現在的江蘇，可以眺望長江。這首詩寫王昌齡在江邊送別好友辛漸的情景。

送別前一晚，雨已經驟然來臨，想到第二天就要分別，詩人應該也徹夜難眠。雨中送別，倍添愁緒，今次詩人不寫水了，寫孤山。好友即將離別，山雖壯麗，還是不免孤獨！

臨別依依，作者於詩中寄寓，如果洛陽的親友問起他，請辛漸代他回答，請他們放心，詩人初心未忘，玉潔冰清，會一直堅持此般高潔的情操，就算被貶，亦不會動搖半分。

📑 寫作特色

一般的送別詩，主旨多數會集中在對方，王昌齡則很特別，他從自己入手，寄託個人情志，表面上是送別友人，其實他自己才是主角。

起首以悲景襯托離愁別緒，即景生情，並以一「孤」字作點染。楚山，雄壯，但

孤獨，除了烘托詩人的淒寒之情，亦展現其堅強的性格。「冰心在玉壺」，玉壺是月亮，含蓄地象徵自己的光明磊落、表裏如一、品格澄澈。

📑 生活應用

各位同學，有時我們亦會遇到類似的作文題目，例如機場送別。你有甚麼跟將要離別的同學或朋友説？為了不想對方擔心，一般會説：「我會好好照顧自己，不用擔心我。」如果大家都在為前途奮鬥，就會互相勉勵一番，甚至互相叮囑：「希望大家都不會忘記當初定下的理想，不要輕易被世俗改變。」

「一片冰心在玉壺」，這句詩言簡意賅，一矢中的。如果別人誤會我們，我們又不想解釋太多，可以瀟灑地拋下一句：「一片冰心在玉壺」。我知道，自己毋忘初衷就可以了。

孟浩然　春曉

撰文：蒲葦、一丁

掃碼看視頻

原文

春眠不覺曉，

處處聞啼鳥。

夜來風雨聲，

花落知多少？

內容大意

有甚麼比一覺好眠，然後自然醒更爽快？就是醒了後還聽到鳥語，聞到花香，這樣的早晨太奢侈太貪心？是的，不過如果貪的是意境，應該算是一年平白生活之中的好事情。

某一個春天的早晨，春光一片明媚；詩人在大自然的環抱之下，難得一覺好眠，直到他聽見雀鳥的歌聲，才知道是時候起床了。

起來後，終於醒覺要跟外界接觸，他想起昨晚風雨交加，詩人不禁反思：我就一夜酣睡如醉，但同時間，世上又有幾多花花草草因為這場風雨而凋謝呢！詩人於安寧之中，仍處處憐芳草，展示真正的胸襟。

寫作特色

這首田園詩是孟浩然隱居鹿門山，即湖北襄陽時所題，屬於五言絕句。短短二十字，寫得非常出色。用字顯淺意濃，由觸覺、視覺同聽覺三方面，將明朗、令人充滿朝氣的春光，仔細無遺地呈現出來。這個畫面令人產生嚮往之感。

真實，除了田園風光，這首詩還隱約抒發出遺憾之感。有些遺憾跟不完美，是輕快之中帶點悲傷，這才像人生，「花落」，其實是意有所指。當我們享受着春光時，原

來一場春雨，亦可以令很多花花草草墜落，變成泥土。詩人不單止表達春天的美好，還希望我們惜花、惜春及惜福，語短情長，用心良苦。

📋 生活應用

在社交平台上，很多人每天炫耀自己有多幸福，展示各種名牌、高級美食等，又經常怨天尤人。〈春曉〉這首詩提醒我們，世界上有些角落，每天亦在風雨交加中渡過，更是花草凋零。其實我們應該對社會中的弱勢社群多加關注，對自己擁有的事物多加珍惜，讓世界更美好。

李白很欣賞孟浩然，說「吾愛孟夫子，風流天下聞」，李白指的「風流」，是傑出的意思。孟夫子，字浩然，人如其名，充滿孟子所說的浩然之氣。浩者，大也，有情有義，胸襟廣闊。

王維　山居秋暝

撰文：蒲葦

掃碼看視頻

📑 原文

空山新雨後，天氣晚來秋。

明月松間照，清泉石上流。

竹喧歸浣女，蓮動下漁舟。

隨意春芳歇，王孫自可留。

📑 內容大意

　　此詩的題目是〈山居秋暝〉，描寫獲譽為「詩佛」的王維在秋天山中隱居的黃昏景象。這個時候，山中來了一場新雨。一輪皎皎的明月從松樹間灑下清光，清清的泉水亦在山石上淙淙淌流。以為山中無人？那就錯了。竹林傳來洗衣姑娘黃昏歸來的聲音，上游亦同時蕩下輕舟，令蓮葉輕擺搖動。如果不貪戀春日的芳華，山中的王孫，即貴族，亦即王維自己，自然可以適意地留戀這個地方。

　　傳統上，如果文人仕途不得意，就會選擇上山登高排遣鬱結，此詩大概是王維中年後居於輞川時的作品。寄託了對山水田園生活怡然自得，不為世事所束縛的高雅閒情。

📑 寫作特色

　　這首詩最令人印象深刻的地方，就是運用不同的感官描寫，去達致詩中有畫的優美畫面，包括視覺、聽覺、嗅覺、觸覺，營造了一個鮮明的秋晚畫面，當中再包括明月、松樹、清泉、山石、竹樹、浣女、蓮葉、漁舟，正正就是人物與大自然的優美又和諧的結合。人與自然，合作愉快，根本就不會說是誰征服誰。

　　此外，詩人善於結合動態描寫同靜態描寫，「竹喧歸浣女，蓮動下漁舟」是屬於動

態描寫；明月、松、清泉、石則屬於靜態描寫；動靜結合無間，就能更呈現一個詩中有畫，人與自然界互動的畫面，令人更加嚮往。

生活應用

　　各位同學，你們還年輕，當然不會想到歸隱，但可以這樣想，當你被功課纏擾，或者打電玩打到很悶、很累的時候，有沒想過去大自然呼吸一下新鮮空氣？如果一時去不了，就拿起王維這首詩讀一讀，感受一下靜中有動的山中畫面，應是同樣舒暢吧？

王維　終南別業

撰文：蒲葦

掃碼看視頻

原文

中歲頗好道，晚家南山陲[1]。

興來每獨往，勝事空自知。

行到水窮處，坐看雲起時。

偶然值林叟[2]，談笑無還期。

內容大意

〈終南別業〉，亦即王維的輞川別業。這首詩是中年王維的夫子自道。他中晚年曾經定居於終南山邊陲，過着半退休的生活。他愛好佛理，不愛與官場中人打交道，反而有位好朋友，名字叫「大自然」。

當有雅興時，他就欣然獨行，欣賞寫意的自然景色。當中的暢快、怡然，恐怕只有王維自己才能明白。他走至水源的盡頭，前面已經無路，就索性坐下，換個角度，轉而欣賞雲霧升起。

隨遇而安，豈不更好？如果遇到山林中的老人家，就互相説説笑，聊聊天，有時甚至忘記回家的時間。

寫作特色

這首詩讀下去好像平淡如水，其實善加擴充。例如第五、六句，「行到水窮處，坐看雲起時」，主要寫人跟大自然的和諧共融。觀水看雲，偶然適然，隨遇而安，心境悠然，一點也沒有埋怨。第七、八句，「偶然值林叟，談笑無還期」，轉寫人與人的和諧，路上偶遇，談笑自若，無拘無束，全沒計算。全文貫穿隨遇、輕鬆的意境，與自

1　讀音：seoi4〔誰〕
2　讀音：sau2〔手〕

己、與環境、與他人。

再者，「水窮」可以比喻困難、遇阻，「坐看雲起」則比喻變換角度。

生活應用

山窮水盡是一個意象，比喻無路可行。各位同學，有時遇到一些難以解決的問題，我們亦會手足無措，覺得無出路。但有時當局者迷，很容易忘記要保持冷靜、樂觀。其實，柳暗花明又一村，辦法總比困難多，路是人走出來的，如果眼前暫時無路，何妨停一停，「坐看雲起時」，讓自己靜下來，轉一轉角度思考，欣賞一下身邊的人、事、物，說不定另有一些美好發現呢！

當我們要表達隨遇而安，拋一句「行到水窮處，坐看雲起時」，勵志之餘，亦真的「文青得來又有型」！

李白　宣州謝朓[1]樓餞[2]別校書叔雲

撰文：蒲葦

掃碼看視頻

原文

棄我去者昨日之日不可留，亂我心者今日之日多煩憂！

長風萬里送秋雁，對此可以酣[3]高樓。

蓬萊文章建安骨，中間小謝又清發，

俱懷逸興壯思飛，欲上青天覽日月。

抽刀斷水水更流，舉杯消愁愁更愁，

人生在世不稱意，明朝散髮弄扁舟。

內容大意

　　雅興，真的可以令人進入非常美妙的境界，聯想無拘無束，就好像李白所說的「欲上青天覽日月」一樣，將一切的心亂煩憂都盡情拋開，何況眼前秋高氣爽，長風萬里。

　　一起登上謝朓樓看風景的李白，送別他叔叔時說：「叔叔，您的文筆確實一流啊，既有建安時代的剛健風骨，亦清新俊發，絕對比得上小謝謝朓。來，我們乾杯！」

寫作特色

　　這首詩看似隨意，其實結構工整，可分為三個部分。前四句直接寫心亂如麻，希望排遣愁懷。中間四句寫與族叔李華登樓共飲，豪情萬千。末四句則轉回現實，指出再飲下去亦不是解決辦法，只會反添愁緒，不如依心意行事，決定歸隱。以上三部分包含了昨日、今日、明日。

1　讀音：tiu3〔跳〕
2　讀音：zin3〔戰〕
3　讀音：ham4〔含〕

詩中名句「抽刀斷水水更流」比喻奇特，想像豐富。謝朓樓前，長年流水淙淙，李白以不盡的流水與無窮的煩憂兼寫虛實，他的創意可謂渾然天成。

生活應用

我也明白，生活中愁緒太多，豈是飲兩杯酒就能排解？大家可能會想，我在學業或工作上都不太如意，不如我學習李白般瀟灑，「明朝散髮弄扁舟」，立刻請辭又或退學。

同學們，千萬要三思！李白可以瀟灑地寫下如此有意境的詩句，是因在那個時代，他既有名譽亦有地位。他才華橫溢，同時亦畢生奮力獻身於文學創作，非常努力才得到「詩仙」的美譽。我們可以學習李白的瀟灑及怡然自得，但不代表是從此放棄勤奮。反而，我們應該針對不如意的原因，對症下藥，努力改變目前的處境，繼續進步。

李白　將進酒

撰文：蒲葦

掃碼看視頻

原文

君不見黃河之水天上來，奔流到海不復回！

君不見高堂明鏡悲白髮，朝如青絲暮成雪。

人生得意須盡歡，莫使金樽空對月！

天生我材必有用，千金散盡還復來。

烹羊宰牛且為樂，會須一飲三百杯。

岑夫子，丹邱生，將進酒，君莫停！

與君歌一曲，請君為我傾耳聽！

鐘鼓饌[1]玉不足貴，但願長醉不用醒！

古來聖賢皆寂寞，唯有飲者留其名。

陳王昔時宴平樂，斗酒十千恣歡謔。

主人何為言少錢，徑須沽取對君酌！

五花馬，千金裘，呼兒將出換美酒，與爾同銷萬古愁！

內容大意

　　有時相約三兩知己，摸着酒杯底談天說地，盡訴心中情，的確是件賞心樂事。兩杯落肚，你或會感慨地說，朋友，「朝如青絲暮成雪」，我最近很多白頭髮，歲月果真是催人老。朋友可能會安慰你：「別想太多了，天生你材，一定有用的，千萬不要灰心。」

　　將進酒，意思是邀人飲酒。詩歌從人生短暫寫起，說明富貴榮華都是過眼雲煙，

1　讀音：zaan6〔賺〕

不要看得太重。難得與良朋共聚，共享美酒，有何愁緒亦可拋諸腦後。

　　詩人於詩中感慨，曹植那麼聰明，才高八斗，他不都是跟我一樣懷才不遇嗎？我只是暫時失業，上天生下我，一定有用得着我的地方，我們應該保持自信，肯定自己一定有所作為。

寫作特色

　　這首詩起句不凡，藉眼前之景，以黃河之水一去不復回比喻青春一去不返，又以早上黑髮，黃昏頓變白髮的時間誇飾，營造強烈對比，先聲奪人，充滿動感。

生活應用

　　很多同學或者會有疑問，李白勸人飲酒盡興，及時行樂，會否教壞學生？其實不會的，詩中所言還有另一個重點，就是天生我材必有用，肯定自己有存在價值，深信必有顯露才華的一日。及時行樂，只是用來排解一時愁緒，並非自暴自棄的藉口。現實上如果遇到挫折，不要逼得自己太緊，放鬆一下亦無妨，千萬不要因此失去自信。共勉之。

李白　送友人

撰文：蒲葦

掃碼看視頻

📄 原文

青山橫北郭，白水繞東城。

此地一為別，孤蓬萬里征。

浮雲遊子意，落日故人情。

揮手自茲去，蕭蕭班馬鳴。

📄 內容大意

「詩仙」李白的這首贈別之作，聲情景融合無間，分外動人。

詩人同好友騎馬走到城外，此時視野開闊，連綿的青山橫亙城北，遠處的白水繞向城東。朋友啊，可惜我們不是郊遊，而是作別，你今後就像蓬草一樣，要孤身走遠方。天上的白雲像遊子飄飛，夕陽徐徐落下。想起舊日情懷，我真的很捨不得你。就連我們騎的兩匹駿馬，亦忍不住發出不捨的鳴叫。

送君千里，終須揮手道別，謹在此祝君一切順利。

📄 寫作特色

這首詩充滿離愁別緒，層層深化，有如此效果，皆因詩人善用襯托手法。

首先是景物襯托。開首景物由遠而近，城外青山橫臥，白水繞城，空間遼闊，益顯「孤蓬」這種野草之渺小。浮雲飄泊不定，襯托遊子之不由自主，富於形象。夕陽徐徐落下，暗指離別之必然。

最後是用離別之馬，以兩馬之悲鳴襯托離別之孤寂。就連馬兒都彷彿感受到離別之苦，人就更加無法釋懷。當別離已成事實，甚麼原因都已經不重要。無奈啊，日後縱有千種風情，更與何人說？

📑　生活應用

　　這首詩以離愁突顯深厚的友情。詩仙不是探問朋友為何要離開，亦沒有因為不捨之情而請朋友不要走，因為一旦這樣，就顯得俗化了。每個人都有自己的故事，或者苦衷，不挽留的不一定代表不關心。很多作家形容友情，都是瀟灑又重情，例如梁實秋說：「你走，我不送你。你來，無論多大風多大雨，我都去接。」可謂情深意重。

李白　月下獨酌

撰文：蒲葦

掃碼看視頻

原文

花間一壺酒，獨酌無相親。

舉杯邀明月，對影成三人。

月既不解飲，影徒隨我身。

暫伴月將影，行樂須及春。

我歌月徘徊，我舞影零亂。

醒時同交歡，醉後各分散。

永結無情遊，相期邈雲漢。

內容大意

月下獨酌，是指在月下獨自飲酒。作者藉此抒發知交半零落之惆悵。

「花間一壺酒，獨酌無相親」，李白首句便已經點明了獨自一人，自斟自飲於花間，沒有其他好友在側，寂寞非常。李白放眼四顧，沒有一人可以伴其喝酒，於是只好邀請在夜空的朗朗明月以及自身長長的影子作伴。

可惜，「月既不解飲，影徒隨我身」，李白雖然成功邀得月影作伴，然而月光雖亮，畢竟無法跟他一起品嘗美酒，叫他大為掃興；影子也只是默默跟隨在他身後，甚至沒有隻言片語，讓李白感到無趣。

「永結無情遊，相期邈雲漢」，世間萬物本無情，然而，李白卻憑着對於月、影兩種死物的相約，側面反映了他在人間沒有知音而且思慕出世的人生觀。以此兩句作結，頗見其出世思想，令全詩有起脫俗塵、飄飄欲仙的浪漫色彩。

寫作特色

　　此詩虛實間出，襯托手法出色。起首「花間一壺酒，獨酌無相親」，是實寫，然「舉杯邀明月，對影成三人」是虛寫（想像），再到「月既不解飲，影徒隨我身」是實寫，「暫伴月將影，行樂須及春。我歌月徘徊，我舞影零亂」又是想像。最後，「醒時同交歡，醉後各分散」返回現實，「永結無情遊，相期邈雲漢」又將思想放到仙間。虛實穿梭，意境獨特。

　　李白此詩以樂寫悲，反襯之下，更見淒然。他寫「舉杯邀明月，對影成三人」，更「我歌月徘徊，我舞影零亂」，自得其樂。其實背後暗隱淒涼，皆因現實沒人共飲才有此舉，所以最後只能道出「永結無情遊，相期邈雲漢」。

生活應用

　　李白善用月亮意象，藉明月寄託自己的理想，如〈把酒問月〉「人攀明月不可得，月行卻與人相隨」，又如〈宣州謝朓樓餞別校書叔雲〉「俱懷逸興壯思飛，欲上青天覽明月」，其中〈靜夜思〉「舉頭望明月，低頭思故鄉」更成為千古名句，家傳戶曉，可見李白善用意象，託月寄意，藝術手法尤為出色，同學運用象徵手法時，若能效法李白借物寄意，文章定能更見深度。

崔顥　黃鶴樓

撰文：蒲葦

掃碼看視頻

原文

昔人已乘黃鶴去，此地空餘黃鶴樓。

黃鶴一去不復返，白雲千載空悠悠！

晴川歷歷漢陽樹，芳草萋萋鸚鵡洲。

日暮鄉關何處是？煙波江上使人愁！

內容大意

黃鶴樓位於湖北武昌，為中國四大名樓之一，可以俯瞰長江，極目千里。

傳說古代有仙人曾乘黃鶴經過，因而得名。此樓歷代屢毀屢建，詩人題詠者甚眾。1985 年黃鶴樓移至高觀山今址重建。

這首詩寫崔顥登上黃鶴樓的所見所感。他在讚歎山川壯美之餘，流露懷念家鄉的深情。黃鶴早已一去不返，但天際白雲，千百年來悠然如故。萬里晴空之下，對岸漢陽高樹歷歷在目，江中鸚鵡洲碧草萋萋，映入眼簾，勾起了崔顥的遊子鄉愁。

隨着暮色降臨，江上霧氣漸濃。詩人不禁慨歎：「我的故鄉究竟在何處呢？」

寫作特色

此詩緊扣題旨、形式獨特。三次出現「黃鶴」，點出黃鶴樓的來歷。詩人又連用兩個「去」字、兩個「空」字，表現弔古傷今之情懷。「去」字喚起韶華已逝，不可復得之感，「空」字更流露出世事茫茫之感慨。第七、八句由景生情，藉暮景襯托鄉愁，情景交融。

此詩在形式上很有特色，多用拗句，像「一去不復返」，連用五個仄聲。「空悠悠」連用三個平聲，嚴格來說並不符合規範。惟崔顥此詩感情澎湃，一氣貫注，似是刻意

不為規範所困。詩中第三、四句，對比強烈，「黃鶴」與「白雲」，是空間對比；「一」與「千」，是時間對比，可見詩人構想奇特。

📋　生活應用

相傳李白曾遊黃鶴樓，來了雅興，本想題詩，但見崔顥此詩，認為自己不能寫得比他更好，便停筆歎説：「眼前有景道不得，崔顥題詩在上頭。」雖云文人相輕，然而李白這次是真心佩服，於是擱筆不題。細思之下，李白此舉也頗為環保，反之，現今一些旅遊人士，動輒留言留名，從「到此一遊」，到寫下個人心聲，以至肉麻的情話，都屬「多此一舉」，亦破壞意境，不可不察。大家日後想刻字留言的時候，不妨想想李白吧。

杜甫 兵車行

撰文：蒲葦

掃碼看視頻

📑 原文

車轔轔，馬蕭蕭，行人弓箭各在腰，

爺娘妻子走相送，塵埃不見咸陽橋。

牽衣頓足攔道哭，哭聲直上干雲霄。

道旁過者問行人，行人但云點行[1]頻。

或從十五北防河，便至四十西營田。

去時里正與裹頭，歸來頭白還戍[2]邊。

邊庭流血成海水，武皇開邊意未已。

君不聞漢家山東二百州，千村萬落生荊杞。

縱有健婦把鋤犁[3]，禾生隴畝無東西。

況復秦兵耐苦戰，被驅不異犬與雞。

長者雖有問，役夫敢伸恨？

且如今年冬，未休關西卒。

縣官急索[4]租，租稅從何出？

信知生男惡，反是生女好；

生女猶得嫁比鄰，生男埋沒隨百草。

君不見青海頭，古來白骨無人收，

新鬼煩冤舊鬼哭，天陰雨濕聲啾啾！

---

1 讀音：hong4〔杭〕
2 讀音：syu3〔樹〕
3 讀音：lai4〔黎〕
4 讀音：saak3〔殺〕

📄 內容大意

如果要思考最能反映戰爭帶給人民的禍害，與其談理論，不如真真正正呈現出一個震撼人心的畫面。例如「詩聖」杜甫的〈兵車行〉。

鏡頭一轉，在咸陽城西邊的渭橋，又要徵兵打仗了，戰馬嘶鳴，眾行人腰佩弓箭，準備離開家園，家屬心知如此一去便沒有回頭路，就「牽衣頓足攔道哭」，塵土飛揚，一片混亂。場面慘不忍睹，可見戰爭無論勝敗，受苦的都是百姓。

詩中更請來了一名征夫現身說法。「唉，近年征戰頻繁，人命卑賤如雞犬，各地生產大受破壞，沒有產出，又怎能交稅？要生孩子，如此亂世當然是女孩好，否則兒子長大了，就會被徵召行役。唉！」鏡頭再轉，青海頭，天陰，雨濕，聲音詭異，一堆白骨，無人收。這就是戰爭的下場。

📄 寫作特色

這首詩的作法很有特色。詩人化身戰地記者，融入其中，並以對話形式，以路過旁人的身份向征夫發出提問，帶出戰爭的禍害。「道旁過者問行人」，答的人就以「行人但云點行頻」回應。行人的回答，就是詩人自己的感慨。「信知生男惡，反是生女好」，反諷深刻，發人深省。

全詩亦做到首尾呼應，開頭以「哭聲直上干雲霄」道出生離之痛。最後亦以哭聲作結，「天陰雨濕聲啾啾」，表現出悲涼悽慘的氣氛。詩人描寫得愈恐怖，就愈顯出戰爭的禍害。這首詩在氣氛營造方面，非常成功。

📄 生活應用

各位同學，考考你，「牽衣頓足攔道哭」這一句，有甚麼特色？答案就是多角度描寫。七個字，有三個動詞，「牽」、「頓」、「攔」，形容活現，充滿動感；除了視覺外，還有聽覺。很多時候我們寫作，亦要留意畫面的經營，憑着形象化的描述，令人好像置身現場一樣。細心一想，其實用「牽衣頓足攔道哭」去形容小朋友在哭鬧要買玩具，也相當傳神呢。

杜甫　茅屋為秋風所破歌

撰文：蒲葦

掃碼看視頻

原文

八月秋高風怒號，卷我屋上三重茅。

茅飛渡江灑江郊，高者掛罥[1]長林梢，下者飄轉沉塘坳。

南邨群童欺我老無力，忍能對面為盜賊。

公然抱茅入竹去，脣焦口燥呼不得，歸來倚杖自歎息。

俄頃風定雲墨色，秋天漠漠向昏黑。

布衾多年冷似鐵，嬌兒惡臥踏裏裂。

牀頭屋漏無乾處，雨腳如麻未斷絕。

自經喪亂少睡眠，長夜沾濕何由徹！

安得廣廈千萬間，大庇天下寒士俱歡顏，風雨不動安如山！

嗚呼！何時眼前突兀見此屋，吾廬獨破受凍死亦足！

內容大意

只要讀這首詩，就能感受甚麼是「屋漏偏逢連夜雨」、「人老又畀後生欺」的無奈。

八月秋深，狂風怒號，捲走了「詩聖」杜甫草堂上好幾層茅草。茅草亂飛，散落到對岸。他只能眼白白地看着它飛走。這個時候，南村的一群頑童更幫倒忙，他們竟然有眼不識「詩聖」，還欺負他年老無力，全都當了小賊，把茅草抱走，真令人氣結！

詩人無奈地返回家中，被鋪又凍又硬，猶如鐵板。屋內很潮濕，沒有一處稱得上是乾爽。長夜漫漫，屋漏床濕，這些日子如何捱下去？「詩聖」杜甫之偉大在於悲憫，他從不怨天尤人，還在如此困頓之時，亦能反思在這個世界上，有很多人的家亦在漏

1　讀音：gyun3（眷）

水。他表示，如果眼前突然出現奇跡，有幾千萬間大屋可以安置全世界貧寒的讀書人，他不介意以自己一人在破屋裏捱凍來交換，足見詩人的胸襟非常廣闊。

寫作特色

這首詩多用白描手法，描寫細緻，將茅屋被秋風所破的場面活現眼前。頑童的舉動跟老人家焦急的狀態形成一個強烈的對比，令人印象深刻。前段着力描繪詩人生活上雪上加霜的情景，令後段的昇華更加激勵人心。

生活應用

杜甫晚年，漂泊西南天地間，貧病交煎，時常要臥床休息，而且居無定所，甚至要在船上度過，但他並沒意志消沉，反而更加關心百姓生活，關心國家前途。最難得的是，他這段時間的作品，質及量亦很好，竟佔作品總數的三分一。生活的艱難反過來激發勵志的小宇宙，這份毅力真的帶給我們很多鼓勵。

杜甫　登樓

撰文：蒲葦、朱少程

掃碼看視頻

原文

花近高樓傷客心，萬方多難此登臨。

錦江春色來天地，玉壘浮雲變古今。

北極朝廷終不改，西山寇盜莫相侵。

可憐後主還祠廟[1]，日暮聊為梁甫吟。

內容大意

這是一首感時的詩。〈登樓〉，顧名思義，即是登上高樓，登樓做甚麼？當然是看風景了！大家應該都聽過「安史之亂」，內憂之後，又到外患的吐蕃之亂。杜甫人在他鄉，時值春天，登樓遠望，春花美景，但一想到國家這個時候正值多災多難之秋，就愈看愈傷心。

試想像一下畫面：站在高樓，放眼望過去，見到浮雲古往今來變幻，朝廷正統，亦如北極星一樣，最終也不會變改，心裏希望賊寇不要再入侵。接着杜甫又想起人才的重要，暗示自己懷才不遇。最後，借用〈梁甫吟〉表示自己要效法諸葛亮輔佐朝廷，真的很有抱負！

寫作特色

全詩即景抒情，以「萬方多難」為基點。作者首先運用白描，直接將所見之物寫出來。「花近高樓」、「錦江春色來天地」正是繁花似錦；「玉壘浮雲」即是浮雲變幻不定，有如世事一樣。錦江之水如同春色，隨時而來，未嘗因歲月而變化。「來天地」，彷彿由遠而近，很有畫面感。

1　讀音：miu6〔妙〕

　　寫作特色上，居高臨下，「花近高樓」寫近景，而「錦江」、「玉壘」、「後主祠」則屬遠景；「近」字和末句「暮」字，時間上起到突出的作用，充滿空間及時間感；杜甫又善用反襯手法，跟他那首〈春望〉寫「感時花濺淚」一樣，這裏寫「花傷客心」，以樂景寫哀情，更添憂思。

🗐　生活應用

　　各位同學，你們有沒有試過很煩或者很多心事的時候登上高山，靜靜地望向遠處思考？站在山頂，境界遼闊，突然為自己不獲重用，還要「萬方多難」而憂愁。例如：與家人關係不是太好，功課壓力太大，又或者考試失敗，甚至失戀等等，要驅趕負能量，你可以學習杜甫寫首詩發洩一下，又或者朗誦一下這首〈登樓〉，學杜甫一樣積極，不要放棄抱負，最重要是發放正能量，正所謂「我們改變不了風景，但可以改變心境」。

杜甫　客至

撰文：蒲葦、一丁

掃碼看視頻

原文

舍南舍北皆春水，但見群鷗日日來。

花徑不曾緣客掃，蓬門今始為君開。

盤飧[1]市遠無兼味，樽酒家貧只舊醅[2]。

肯與鄰翁相對飲，隔籬呼取盡餘杯。

內容大意

　　我們蝸居在「石屎森林」中，有時朋友來訪，都未必有足夠空間招呼大家，好多意境都只能夠在文學作品中尋求，就好像杜甫這首〈客至〉一樣。杜甫寫此詩時，年已五十，生活歷經困頓，對朋友仍有此種深情，實在難得。可見世事無絕對，最重要是有真情趣。

　　這首詩的內容自然樸實，就如閒話家常，充滿生活氣息。杜甫說，我的家不算富貴，不過勝在能觀水，風景良佳，群鷗不時於窗前起舞。他一向很少招呼朋友，但見你一場來到，就破例打掃門前小路，「蓬門今始為君開」，盡顯對來訪者的重視。

　　不過，話說回頭，自己只是普通人家，不是太富有，街市又遠在外，難以下廚，只有自家釀製的酒來招呼朋友，得奉各位不嫌棄，很是感恩。

　　能夠跟朋友摸着酒杯底，愈說愈開心，最重要是大家高興，不如邀請鄰舍亦來一起同飲吧。

寫作特色

　　我們換個角度，發揮想像力，假設當年已有航拍機，詩的頭四句，詩人由遠而近

1　讀音：syun1〔孫〕
2　讀音：pui1〔胚〕

地帶領讀者由美麗的水邊去到他草堂種滿花的家門；他每天與海鷗共對，然後由海鷗帶出人客、人氣，從空間、時間，順序帶領讀者體會他由孤寂，到好友來訪的心情變化，言淺，意深。

📑 生活應用

這首詩，最適合表達友情戰勝了現實的限制。真正的友情，是互相心靈相交，不一定是擁有千尺豪宅或名貴菜色才可以招呼朋友。

「得閒約食飯吖！」這句話，相信大家亦時時聽見，但實際上這一餐説好的飯聚，是否又真的成真呢？「肯與鄰翁相對飲，隔籬呼取盡餘杯」，帶來的啟示是，首先要「肯」，其次要有人主動「呼取」。大家都忙，但千萬不要忘記儘量抽時間維繫友情。有時自己主動一點，不要太介意，最重要是大家開心。當然，見面不一定要飲酒，選對了人，去茶餐廳吃下午茶餐亦同樣開心。

杜甫　旅夜書懷

撰文：蒲葦、吳曉鋒

掃碼看視頻

📄 原文

細草微風岸，危檣獨夜舟。

星垂平野闊，月湧大江流。

名豈文章著，官應老病休。

飄飄何所似，天地一沙鷗。

📄 內容大意

　　如果要大家形容孤獨，各位會想到甚麼？也許是「飄飄何所似，天地一沙鷗」。為甚麼？那就要閱讀「詩聖」杜甫的〈旅夜書懷〉了。

　　唐代宗年間，杜甫居於成都，一直照顧他的好友嚴武去世，他頓失依靠，加上政治上又遭受排擠，他決意辭去參謀職務，帶着一家大小離開成都，於奔波的旅程中寫詩感懷身世。這個時候，杜甫五十三歲。

　　一個微風吹拂的靜夜，小船孤寂泊岸，有點像自己的現實境況。眼前雖然平野遼闊、星月燦爛，但心情不免悲痛難忍，杜甫回想一生，不禁激動地問蒼天：難道我只能以寫詩名聞於世？他意在言外，暗示他懷有遠大政治抱負，卻無法施展，最大心願是為朝廷效力，而非只做個文人。

　　你可能認為，杜甫寫詩成就非凡，去從政不是有點浪費嗎？其實也不盡然，杜甫重視仕途，希望一展抱負，不必限制自己。可惜杜甫仕途不暢，寫下了「官應老病休」，這裏用的是反語，以作自我開解，懷才不遇的際遇就當是自己年老多病，提早退休吧。

寫作特色

回顧半生，他就似沙鷗一樣飄泊無依，生活亦一直難有依歸。

這首詩情景交融，先景後情。前四句寫「旅夜」情景，以小舟比喻孤單的自己，再寫遠處星空、原野跟江流，景物由近至遠，由大及小，富有層次感；之後以天地間獨飛的沙鷗自況，抒發羈旅他鄉、仕途失意的悲涼。

生活應用

各位同學，每個人都有想實現的夢想。杜甫希望一展所長，做官報國，最終他的際遇與其抱負有很大落差。不要緊，機遇沒法控制，才華亦很難設限。

杜甫並沒放棄，還運用上天賜予他的天賦，創作出數以千計的詩篇，同樣能夠影響後世，為社會作出貢獻。如果同學發現自己在某方面甚具天分，記着要好好珍惜及發揮，正如沙鷗，入水能游，出水能飛，同樣可以自有境界。

張繼　楓橋夜泊

撰文：蒲葦

掃碼看視頻

原文

月落烏啼霜滿天，

江楓漁火對愁眠。

姑蘇城外寒山寺，

夜半鐘聲到客船。

內容大意

寒山寺位於蘇州，近楓橋，這首詩令寒山寺更加著名。寺內亦有這首詩的刻碑。電影有《夜半鐘聲》，歌曲有《夜半歌聲》，可能都是受到詩人張繼的啟發。

假如你旅居在外，夜半難眠，但又聽到佛寺傳來的鐘聲，你會去投訴嗎？還是覺得是一種人生啟示？

一千二百多年前，江蘇，楓橋，才子張繼憑藉這個意境，寫了一首流傳千古的詩。

他坐船到外地，因為晚上不能航行，於是停泊於楓橋附近。他睡不着，不如起來欣賞夜景。當時，月已沉落，寒霜凝結，漁船燈火，岸上楓樹。寂寥的景色，襯托寂寥的人。

去到夜半，寒山寺傳出陣陣鐘聲，敲響了寧靜的氛圍，傳到詩人的客船上，令他忽然從靜思中醒過來，「夜半鐘聲到客船」，一個「到」字，由遠而近，充滿動感，直至觸動旅客的心靈。

寫作特色

全詩運用白描手法，勾勒重點景物。殘月、江楓、漁火屬視覺，烏啼、夜半鐘聲屬聽覺，「霜滿天」是感覺，詩人層層鋪墊，多角度烘托遊子旅居在外的寂寥。一陣

陣的鐘聲，到底引發詩人感悟甚麼情感或啟示？詩人賣了個關子，為讀者留下咀嚼的餘味。

生活應用

　　話說宋代大文豪歐陽修曾經質疑「夜半鐘聲到客船」這句，認為寺院一向亦是暮鼓晨鐘，寒山寺又怎會夜半敲鐘呢？後人考證各有論述，有人說寒山寺確是有夜半鐘聲，有人則支持歐陽修之說。

　　其實，文學作品最重要的是創意同意境，最尾那句很重要，因為是動與靜的交融，寺院的鐘聲敲響了心靈，帶來種種思緒，引發了深層意義。是否真有其聲，我認為已經不是太重要了。

孟郊　遊子吟

撰文：蒲葦

掃碼看視頻

原文

慈母手中線，遊子身上衣。

臨行密密縫，意恐遲遲歸。

誰言寸草心，報得三春暉？

內容大意

如果要為母親節選配一首唐詩，毫無疑問，我會推薦孟郊的〈遊子吟〉。大家可以嘗試朗誦給媽媽聽，不過千萬不要忘記亦要請媽媽喝茶和送上康乃馨。

這首詩淺而易解。開首兩句令我聯想到「慈母手中線，波牛有褲穿」。小時候，我經常穿着校服踢足球，結果卻經常「爆胎」，把校褲弄破，我只好用毛衣遮醜然後盡快跑回家中，全靠媽媽手中的深藍線，第二天才可以再戰球場，等着再次弄破。

寫作特色

情到極深，每說不出。相信很多人都像我一樣，不懂向母親表達愛意。孟郊很厲害，他想到一個絕妙比喻。母愛就好比春天的陽光，而像小草的兒女，則享用無盡的溫暖跟養分，這種恩情，小草，即是兒女，又能夠怎樣去報答呢？又或者，怎樣報答都不足夠啊！

孟郊首先通過一個生活細節，具體呈現母愛的矛盾：兒子要出外求功名，她不能不讓他去，就只能為他趕製衣服，那件衣裳就是兩母子的連繫，見衫如見人。母親想兒子可以安心實踐抱負，但又怕兒子遠行在外，久久亦不回家，但作為母親，應該支持子女追尋理想。

詩的後半部分，形容了一塊青草地，春天的陽光明媚和暖，對小草的照顧就好像母親般無微不至，至於子女對母親的心意，亦如小草對陽光的感激，相比之下根本微

不足道。母親的恩情，子女難以報答。詩人用了反問的句式，益顯自己孝心的渺小。但千萬不要因為這樣而推卸責任，應該盡全力報答母親的愛護。

📖 生活應用

現代社會，婆媳之間的矛盾屢見不鮮，令人頭痛，不如嘗試代入母愛的角度，化干戈為玉帛？母親為兒子織了一件毛衫，兒子不穿，反而穿了妻子買的那件；母親愛子心切，難免會產生白白把愛兒送給了另一個人的感覺，這個轉變，其實亦值得關注及體諒。

多些關心，多些忍讓，給大家多一點時間，相信是解決問題的不二法門。無論是兒子與母親，還是婆媳之間出現爭執時，不妨多朗誦幾遍〈遊子吟〉，化解干戈。

白居易　燕詩

撰文：蒲葦、許華腴

掃碼看視頻

📄 原文

叟[1]有愛子，背叟逃去，叟甚悲念之。叟少年時，亦嘗如是。故作〈燕詩〉以諭之矣。

梁上有雙燕，翩翩雄與雌。

銜泥兩椽間，一巢生四兒。

四兒日夜長，索食聲孜孜。

青蟲不易捕，黃口無飽期。

嘴爪雖欲敝，心力不知疲。

須臾十來往，猶恐巢中飢。

辛勤三十日，母瘦雛漸肥。

喃喃教言語，一一刷毛衣。

一旦羽翼長[2]，引上庭樹枝；

舉翅不回顧，隨風四散飛。

雌雄空中鳴，聲盡呼不歸；

卻入空巢裏，啁啾終夜悲。

燕燕爾勿悲！爾當反自思：

思爾為雛日，高飛背母時。

當時父母念，今日爾應知！

1　讀音：sau2〔手〕
2　讀音：zoeng2〔掌〕

🗐　內容大意

這首的篇題又作「燕詩示劉叟」。劉翁因愛子離家出走，悲痛思念，誰不知劉翁他自己少年時亦是離棄父母，詩人就寫此詩，曉以大義。

詩先敘事後說理，首先寫雙燕築巢生子，勾勒出一幅美滿家庭的生活照。

雙燕辛勞地撫育雛燕，辛勞到甚麼程度？你想像，牠們不斷飛來飛去，捕蟲餵飼雛燕。你回想自己年幼時生病的日子，父母不都是這樣跑來走去，憂心忡忡？特別是來自母燕的照顧，更是無微不至。

可惜，好景不常。不幸的是，小燕子羽毛漸長，雙翼亦強壯起來，變得有毛有翼，竟然狠心地離父母而去，令雙燕傷心欲絕，「喞啾」哀鳴。最後詩人告誡這雙燕子，自己年幼時不都是這麼拋棄父母的嗎？這種傷心悲痛，如今應該感同身受了。

🗐　寫作特色

詩人善用對比，前段愈是着力刻劃母燕對雛燕的辛勤哺育，愈是顯得雛燕「高飛背母」的不仁不義，作者亦希望以此為鑒，寓意世人要緊記父母的養育之恩。

這首詩三十句，雙數句最後的一字押韻，節奏明快之中帶着曲折。古詩本不拘對仗，但此詩敘事中間雜有對句，使詩句文字多變。其中的「孜孜」、「喃喃」、「喞啾」，是擬聲詞，配合雛燕的特質，更有意境。

🗐　生活應用

各位同學，你們有否亦曾嫌棄父母終日嘮叨，一點都不理解自己呢？我們又何嘗真正體諒過父母謀生和養育的艱難呢？你們是否常常嫌飯菜難吃，卻又很少問起父母喜歡吃些甚麼？

其實，多體諒父母，換個位置思考，就是孝順。不如，趁着母親節、父親節，又或父母生日等大日子，親手織一件毛衣給他們，讓他們亦「一一刷毛衣」，感動又溫暖。

131

白居易　琵琶行

撰文：蒲葦、吳曉鋒

掃碼看視頻

原文

　　元和十年，余左遷九江郡司馬。明年秋，送客湓浦口，聞舟中夜彈琵琶者。聽其音，錚錚然有京都聲。問其人，本長安倡女，嘗學琵琶於穆、曹二善才。年長色衰，委身為賈人婦。遂命酒使快彈數曲。曲罷憫然。自敘少小時歡樂事，今漂淪憔悴，轉徙於江湖間。余出官二年，恬然自安，感斯人言，是夕始覺有遷謫意。因為長句，歌以贈之。凡六百一十六言，命曰〈琵琶行〉。

　　潯陽江頭夜送客，楓葉荻[1] 花秋瑟瑟。主人下馬客在船，舉酒欲飲無管絃；醉不成歡慘將別，別時茫茫江浸月。忽聞水上琵琶聲，主人忘歸客不發。尋聲闇[2] 問彈者誰？琵琶聲停欲語遲。移船相近邀相見，添酒回燈重開宴。千呼萬喚始出來，猶抱琵琶半遮面。

　　轉軸撥絃三兩聲，未成曲調先有情。絃絃掩抑聲聲思[3]，似訴平生不得志。低眉信手續續彈，說盡心中無限事，輕攏慢撚抹復挑，初為〈霓裳〉後〈六么[4]〉。大絃嘈嘈如急雨，小絃切切如私語；嘈嘈切切錯雜彈，大珠小珠落玉盤。間關鶯語花底滑，幽咽泉流水下灘。水泉冷澀絃凝絕，凝絕不通聲漸歇。別有幽愁闇恨生，此時無聲勝有聲。銀缾[5] 乍破水漿迸，鐵騎突出刀鎗鳴，曲終收撥當心畫，四絃一聲如裂帛。東船西舫悄無言，唯見江心秋月白。

　　沈吟放撥插絃中，整頓衣裳起斂容。自言本是京城女，家在蝦蟆陵下住。十三學得琵琶成，名屬教坊第一部；曲罷長教[6] 善才服，粧成每被秋娘妒。五陵年少爭纏頭，一曲

1　讀音：dik6〔迪〕
2　讀音：am3〔暗〕
3　讀音：si3〔肆〕
4　讀音：jiu1〔腰〕
5　讀音：ping4〔瓶〕
6　讀音：gaau1〔交〕

紅綃[7]不知數[8]。鈿[9]頭銀篦[10]擊節碎，血色羅裙翻酒污。今年歡笑復明年，秋月春風等閒度。弟走從軍阿姨死[11]，暮去朝來顏色故，門前冷落車馬稀，老大嫁作商人婦！商人重利輕別離，前月浮梁買茶去，去來江口守空船，繞船明月江水寒。夜深忽夢少年事，夢啼妝淚紅闌干！

　　我聞琵琶已歎息，又聞此語重唧唧[12]！同是天涯淪落人，相逢何必曾相識！我從去年辭帝京，謫[13]居臥病潯陽城；潯陽地僻無音樂，終歲不聞絲竹聲。住近湓[14]江地低濕，黃蘆苦竹繞宅生。其間旦暮聞何物？杜鵑啼血猿哀鳴。春江花朝[15]秋月夜，往往取酒還獨傾，豈無山歌與村笛，嘔啞嘲哳[16]難為聽。今夜聞君琵琶語，如聽仙樂耳暫明。莫辭更坐彈一曲，為君翻作琵琶行。感我此言良久立，卻坐促絃絃轉急。淒淒不似向前聲，滿座重聞皆掩泣。座中泣下誰最多？江州司馬青衫濕！

📖 內容大意

　　時間回到一千一百多年前的唐代，話說詩人白居易得罪權貴，被貶為江州司馬。有一天，他在潯陽江頭送別朋友，偶遇一位慘被拋棄的琵琶歌女，他想到自己身世亦同樣坎坷，對琵琶歌女的遭遇跟樂曲都很有共鳴。

　　送別當晚，他上船跟朋友餞行，發現竟然沒有音樂助興。沒想到這個時候，江上突然傳來琵琶聲，一眾人想邀請演奏者來跟他們見個面，千呼萬喚終於登場，女子以琵琶遮半臉，表現害羞。

　　樂曲開始，旋律淒楚悲切，好似在訴說平生不得志的故事。音色一時沉重雄壯，一時細碎清脆，變化無窮，盪氣迴腸。

　　曲終，琵琶歌女現身親述悲慘身世，原來她年輕時亦有很多裙下之臣，可惜歲月

7　讀音：siu1〔消〕
8　讀音：sou3〔素〕
9　讀音：tin4〔田〕
10　讀音：bei6〔臂〕
11　讀音：si2〔駛〕
12　讀音：zik1〔即〕
13　讀音：zaak6〔摘〕
14　讀音：pun4〔盆〕
15　讀音：ciu4〔焦〕
16　讀音：zaat3〔窄〕

催人老，粉絲嫌她年老色衰離她而去，後來歌女嫁了給一名商人，心想終於找到下半生幸福，誰知薄情的商人竟然丟下她在船上自生自滅。

白居易覺得跟她同病相憐，更能成為對方知音。他們同樣由繁華的京城淪落到荒僻之地，難免會同聲感歎。難得聽到優美樂聲，居易希望她多彈一曲，為答謝知己，他寫下了〈琵琶行〉這首詩。

寫作特色

白居易借事抒情，藉琵琶歌女的樂曲抒發情懷。歌女自述身世，何嘗不是白居易的寫照？「同是天涯淪落人，相逢何必曾相識」！

透過此詩，我們可以學習甚麼是同理心，學習把自己放置於他人的位置上，用別人的角度去思考事情，亦能嘗試去理解或感受他人的經歷，從中學習關心別人。

生活應用

白居易雖然是官，但他亦能夠理解琵琶歌女的經歷，並表達尊重和欣賞。有時當我們留意身邊朋友的社交平台，除了飲飲食食外，其實每人多少亦有表達過人生裏的各種苦惱、壓力。

雖然，傾訴者總是期望別人的理解與鼓勵，聆聽者雖然未必幫到太多，但如果都能夠適時鼓勵，對方一定能夠感受其中溫暖，生活能量亦會提高！

李紳　憫農（其一、其二）

撰文：蒲葦、一丁

掃碼看視頻

原文

其一

春種一粒粟，秋收萬顆子。

四海無閒田，農夫猶餓死。

其二

鋤禾日當午，汗滴禾下土。

誰知盤中飧，粒粒皆辛苦。

內容大意

　　顧名思義，詩的題目〈憫農〉，主旨就是指同情農民。先別說魚翅鮑魚，就算是「一粥一飯」，亦「當思來之不易」。

　　詩人寫的內容，質樸又反映事實，所以得到很多共鳴。〈憫農〉（其一）如實地描寫當時農夫的生活，好像荀子說「春耕、夏耘、秋收、冬藏，四者不失時，故五穀不絕」。春天，農夫於田裏一粒一粒地播種，到了秋天就有豐富的收成。

　　負責耕作的農夫，辛辛苦苦地供應其他人糧食，自己竟然要捱餓，甚至餓死，詩人不禁對這種諷刺的情況提出質問。

　　〈憫農〉（其二）首先描寫農民辛勤工作的實況，烈日當空，汗流浹背，全身濕透，忙到根本沒時間抹汗，只好由得汗滴落地上，非常悲壯，富於形象。

寫作特色

　　當我們在餐廳點一碗「靚仔」，即白飯時，又有多少人會記得每粒米，其實都飽

135

含農夫的汗水呢？兩首詩言淺意深，詩人善用對比手法，以生活化的人物、畫面，深刻呈現出當時的社會現象，引人深思。

第二首詩人用白描手法，鏡頭對準農民之日常。種植靠種子、泥土；泥土要水分，水分中有的是汗水，由此可見農夫的辛苦程度。

🗒 生活應用

童年時每當吃飯，如果孩子不吃得乾乾淨淨，父母就會警告：「這樣你將來的伴侶會變成『豆皮』的！」看着孩子們聽完後嚇怕了的樣子，父母心頭一軟，苦口婆心地安慰孩子說：「其實都是希望你學懂珍惜食物，因為粒粒皆辛苦呢。」當孩子到了小學時，讀到〈憫農〉詩，更加恍然大悟了。

原來粒粒不是指「豆皮」，而是指米飯。雖然要每粒米飯都吃進肚子，確有少許難度，但所謂有衣食，就要好好珍惜食物。吃不完的話不要混亂點菜；就算真的吃不完，亦可以打包起來帶走；尤其是自助餐，千萬不要見可以隨意拿取就不負責任地狂拿。一粒粒都這麼辛苦，何況一碟碟呢！

元稹　遣悲懷（其二、其三）

撰文：蒲葦、吳曉鋒

掃碼看視頻

📄 原文

其二

昔日戲言身後意，今朝皆到眼前來。

衣裳已施[1]行看[2]盡，針線猶存未忍開。

尚想舊情憐婢僕，也曾因夢送錢財。

誠知此恨人人有，貧賤夫妻百事哀。

其三

閒坐悲君亦自悲，百年都是幾多時。

鄧攸無子尋知命，潘岳悼亡猶費詞。

同穴窅[3]冥[4]何所望，他生緣會更難期。

唯將終夜長開眼，報答平生未展眉。

📄 內容大意

〈遣悲懷〉，即是抒發悲痛情懷。此詩是著名詩人元稹思念亡妻之作。如果說子欲養而親不在是人生遺憾的話，同樣遺憾的，是夫欲養而妻不在。

女子韋叢出身中產，不介意捱苦而下嫁元稹這位窮書生。兩人恩愛甜蜜，可惜天意弄人，韋氏婚後七年不幸離世。元稹傷心欲絕，想起夫妻間曾經戲言，談起了將來

1　讀音：si3〔弒〕
2　讀音：hon1〔刊〕
3　讀音：jiu2〔妖〕
4　讀音：ming4〔明〕

如何處理身後事，誰知一語成讖。太太過世後，他不忍見到對方生前的物品，怕睹物思人。事後，他對太太的婢僕及親友特別照顧，總是記着以前兩人一起捱窮的日子，情深義重，自責自己沒能力於有機會時給予對方美好的生活。

他體會到人生無常，感歎枕邊無人，就算活多一百年亦沒意思。絕望到盡頭，唯有寄望將來能與亡妻合葬，下世再聚，長夜漫漫，他睡不着，竟然想一直這樣睜着雙眼，以表達對亡妻生前不曾開心展眉的遺憾，一字一淚。如此癡情，能否感動上蒼？天若有情天亦老。

寫作特色

作者善用典故，運用鄧攸與潘岳的典故，表達鄧攸失去兒子，就像命運注定般，即使跟潘岳一樣，寫詩寫得再好亦無用，另一半也無可能復生，抒發無子喪偶之悲，感情真摯，催人淚下。

生活應用

元稹的愛妻，並無嫌棄他是名窮書生，甘於下嫁，夫妻關係純潔，對比現今社會，真的難能可貴。大家身邊可能會有很多吃喝玩樂的朋友，但是可以共患難的朋友，又有幾多個呢？

所謂「患難見真情」，無論是情人還是朋友，如果對方願意在你經歷低潮或困難時不離不棄，全力支持你，做你最強的後盾，他就是你值得交心的人，同學們，好好珍惜這份真情啊！

李商隱　夜雨寄北

撰文：蒲葦

掃碼看視頻

原文

君問歸期未有期，

巴山夜雨漲秋池。

何當共剪西窗燭，

卻話巴山夜雨時。

內容大意

　　這首詩的作者是李商隱，他於詩中講述自己目前正身處巴蜀之地，秋雨不斷，連池塘的水亦漲滿。李商隱於此情此景，心生思念，詩中引領讀者進入他的思緒，究竟何時才能與「你」再聚？於一個寧靜的晚上，浪漫地對燭而坐，再次跟「你」細訴別離間的思念，分享巴山夜雨中引人思念的情景呢？到底這首詩的對象是誰？詩中的「你」，歷來眾說紛紜，有人說是寫給他太太，有人說是寫給朋友，似乎亦能解得通。

寫作特色

　　詩中一開始採用問答形式，加強相思效果。詩人自己亦未知歸期，含蓄地暗示遊子在外很多事情亦無法控制。

　　詩人轉而描述眼前之景，秋雨連綿，池水漲滿，象徵個人境遇不順，愁思像秋雨一樣無窮無盡。此時此刻，只有想起對方，才有一絲希冀。

　　詩的最後兩句尤其精彩。鏡頭一轉，兩個人終於重聚，剪燭夜話，好不溫馨，以前多麼艱辛都不再重要了，因為過去、現在跟將來都已在這一刻結合，愈是期待，愈顯得重逢可貴。

📑 生活應用

　　普通話中有句俗語：「金窩銀窩不如自己的狗窩」；廣東話中亦有「龍床比唔上狗竇」的説法，指的是居家在外，再好、再華麗都及不上自己的蝸居及熟悉的睡床。

　　各位同學，當你在家中長大，可能會很多不滿，直至離開了家人，例如出國留學，你才會想念家中一切，後悔當初沒好好珍惜。但不要緊，何不將李商隱這首〈夜雨寄北〉送給家人，表達對家中的思念，家人一定會倍感欣慰。

李商隱　無題

撰文：蒲葦、吳曉鋒

掃碼看視頻

原文

相見時難別亦難，東風無力百花殘。

春蠶到死絲方盡，蠟炬成灰淚始乾。

曉鏡但愁雲鬢改，夜吟應覺月光寒。

蓬萊此去無多路，青鳥殷勤為探看[1]。

內容大意

　　李商隱一共有十幾首無題詩，可能是因為詩人希望保持一絲神秘感，以這一首為例，有人說是寫愛情，比較隱晦。

　　天若有情天亦老，詩一開首，便令人鼻酸。李商隱似乎在詩中暗示他有個距離甚遠的戀人，彼此很難相見，真的如願相見了，之後的別離就更令人難捨難離。愛得這麼苦，就連東風亦為他感傷至精神萎靡，百花亦為此悲哀至凋零散落。

　　思念的痛苦幾時才完呢？就好像蠟燭燒成灰之後，思念的淚水才會流乾。鏡頭一轉，詩人突然設想離別後的情形：早上醒來照照鏡子，自己像一夜白頭，非常唏噓；在現今社會，我們如果掛念愛人，可以傳電話訊息，但詩人只可吟詩，可惜對方又不會知道，內心自然更為寂寞。

　　絕望之中只能安慰自己，希望對方身處的仙島不是太遠，青鳥可以代為探看，傳遞詩人的深情及情信。

寫作特色

　　這首詩情景交融，「東風無力百花殘」一句，寫暮春時分的凋零景象，美好春光就

1　讀音：hon1〔刊〕

好像青春一樣一去不返。詩人因相思，又或單思，跟眼前的景物一樣外形憔悴落魄，以此表達他的深沉思念。

📑 生活應用

現今科技發達，二人就算分隔異地，都可以用社交軟件通訊，以解相思之苦，溝通變得無地域界限，不會像李商隱這樣可憐。其實愛情的煩惱，無分古今，現今愛侶之間，介意的可能是對方「已讀不回」，或「已讀遲回」，互不信任，沒有安全感。

其實，無論對待朋友或情人，都未必分分秒秒都要見面，或者要求別人要愛我們更多。交往過程之中，互相分享心事，細水長流，製造思念空間，感情或者會更深呢！好多時候，能夠經得起考驗，才會領略感情的真諦。還是不說太多，我又不是愛情專家。

賈島　尋隱者不遇

撰文：蒲葦

掃碼看視頻

📄 原文

松下問童子，

言師採藥去。

只在此山中，

雲深不知處。

📄 內容大意

俗語說：「這麼近，那麼遠」。又有人說，世上最遙遠的距離，就是我站在你面前，而你不知我愛你。我卻認為，最有意境的是賈島〈尋隱者不遇〉中的一句：「只在此山中，雲深不知處。」

隱者，不是小時候看卡通片的忍者小靈精，而是指隱居於山林中的高人雅士。詩人專程到山中探訪這位高人朋友，可惜對方剛巧不在。詩中幾句，是詩人跟隱士的弟子於松樹之下的對答：

「請問你有沒看到我的朋友？」

「老師採藥去了。」

「他去了哪兒採藥？」

「於山中。」

「即是何處？」

「雲深不知處！」

幾番答問，答案依然模糊。山高雲深，童子亦不知道隱士的實際位置。好一個賈島，他沒有不耐煩，反而淡淡幾筆，化成意境，轉為欣賞白雲、山，呈現山中閒適的畫面。全詩質樸自然，與繁囂的都城恰成對照。難怪賈島有「詩僧」之稱。

寫作特色

全詩只有二十字，短短四句，但其中已經有人物、場景、情節、對話，內容豐富。開首的「松」，帶有象徵意味，暗指隱者挺拔高雅。最後以「雲深不知處」的「雲」，呼應「隱者」的特質，喻其清白高潔。尋隱者不遇，亦寓示高人脫俗不群。

雖然只有四句，但詩人的心情已經歷多番轉折，他聽到「言師採藥去」，有點失望；「只在此山中」，又令他重燃希望；最後「雲深不知處」，又再轉向失望，富有層次感。

生活應用

蘇東坡評論唐代詩人，說「郊寒島瘦」。東坡指的是唐代詩人孟郊跟賈島的作品風格。寒、瘦是形容兩人的詩帶有寒士愁苦的痕跡。

賈島可以說是「苦吟詩人」，他寫詩的認真程度，令人佩服。據說，賈島寫詩，多番修訂，直至他找到最美最適合的字詞。有一次，他寫「鳥宿池邊樹，僧敲月下門」，第二句的「敲」，他想來想去，亦決定不了該不該改成「推」字。因為他的猶豫不決，我們現在就多了「推敲」一詞。

後來他遇到大文豪韓愈，韓愈認為用「敲」字較好，他才放心。這種認真的態度，歷來啟發無數後人。

高適　別董大

撰文：蒲葦、吳曉鋒

掃碼看視頻

原文

千里黃雲白日曛[1]，

北風吹雁雪紛紛。

莫愁前路無知己，

天下誰人不識君？

內容大意

我即使為人師表，亦曾有段時間感到很迷茫及頹靡，幸好，有句詩能夠勉勵大家，這句話就是「莫愁前路無知己，天下誰人不識君？」這句詩提醒我們，應該對未來有抱負，不要過分輕視自己。

這個金句出自唐代四大邊塞詩人之一的高適，詩名叫〈別董大〉。唐代天寶年間，吏部尚書房琯[2]被貶出朝，他的門客董庭蘭，亦即這首詩的主角，在兄弟中排名第一，所以又叫做「董大」，亦被迫離開長安。當時高適同樣是不得志，浪跡天涯成為「無腳嘅雀仔」。兩人幾個月後難得在睢[3]陽重逢，可惜聚了一會兒就要各奔他方，話別時，高適就寫了這首詩。

北方的冬日分外蒼茫，望着黃沙千里、北風狂嘯、大雪紛飛的景象，遊子難免覺得淒酸愁苦。這個時候，高適勸慰好友，不用擔心前路茫茫，或者遇不到知己。他豪言天下間，有哪個人不認識你董大呢？原來當日開解我的朋友都是同一個意思：哪個人不認識你蒲葦？

1　讀音：fan1〔分〕
2　讀音：gun2〔管〕
3　讀音：seoi1〔須〕

寫作特色

高適借景抒情,頭兩句寫漫天風雪、遮天蔽日的景象,抒發遊子內心的鬱積,然後來個轉折,用鼓舞人心的臨別贈言表達對友人深摯的感情,倍有安慰作用。

生活應用

高適這首詩令我想起多年前在中學跟好友一起高唱的歌,歌名叫《總有你鼓勵》,原唱者是倫永亮及李國祥。歌詞是這樣寫的:「未來夢,就如世界一切,沒有一些東西可預計;但始終都去找,只因有你再鼓勵,再不必將我的心去關閉。」

各位同學,有時候人生充滿變數,例如出國留學、移居外地、考試失利等,都很需要好朋友的支持。如果你希望鼓勵別人,不妨學高適那份積極的心態,縱使大家這一刻都未能如意,仍然可以展望將來,大家重聚之日,彼此都會變得更好、更燦爛。

王勃　送杜少府之任蜀州

撰文：蒲葦

掃碼看視頻

原文

城闕輔三秦，風煙望五津。

與君離別意，同是宦遊人。

海內存知己，天涯若比鄰。

無為在歧路，兒女共沾巾。

內容大意

「可以笑的話，不會哭；可找到知己，哪會孤獨……」以上歌詞來自香港歌手王傑的《誰明浪子心》，跟這首詩的意趣頗有幾分相似。

這首詩帶我們回到唐代長安，且讓我化身王勃。杜縣尉是我的好朋友，他將要到四川就任新工作，沒甚麼禮物可以送他，不如就寫一首詩吧，物輕情義重。

關中有三個要塞，護衛着長安城。兄弟，你要走馬上任的蜀地，正在前方，一片風煙迷茫。你我都是長期遠離故鄉，應該很理解在外做官的心情。此生只要有志同道合的朋友，即使遠在天涯，感覺亦近在身邊。兩心相照，我們就不必在分離時留戀憂傷，更不必像多情的少男少女般，任由淚水沾濕衣裳。

寫作特色

傳統的贈別詩，多數充滿離愁別緒，例如江淹〈別賦〉所云：「黯然銷魂者，惟別而已矣。」這首詩則打破傳統，將角度轉向知己之間的情誼，只要兩心相通，再遙遠的距離，也像咫尺之間。自勵之餘，亦深深互勉。從起句之遼闊視野，可見詩人樂觀曠達，瀟灑豪邁。

「歧路」，指岔路，多指離別之處，亦可以小見大，比喻挫折、困難、險阻，即使

前路迂迴曲折，實不必淚汪汪。只要想起知己的勉勵，就能多幾分勇氣。

📑 生活應用

　　生活上，我們經常以「四海之內皆兄弟」來形容人與人的關係，如果嫌太俗套，不妨轉用「海內存知己，天涯若比鄰」，顯得更為文雅。這一句可用來表達知己的價值，或難尋。如果找到，就應當充滿朝氣，彼此亦應更有信心。「比」，此處讀作「備」，本來是會意字，指「兩個人步調一致，並肩而行」，可用來表達朋友之間深厚的情誼。天涯怎可能像比鄰？只因情比金堅，把無可能變成可能。各位同學，共勉之。

崔護　題都城南莊

撰文：蒲葦

掃碼看視頻

原文

去年今日此門中，

人面桃花相映紅。

人面不知何處去，

桃花依舊笑春風。

內容大意

崔護的詩風婉麗精工，造語清新自然。《全唐詩》僅收錄其詩六首。唯此詩膾炙人口，幾個成語皆源於此，如「人面桃花」、「桃花依舊」等。我們來讀讀這首詩是關於甚麼的？

才子佳人，有個浪漫的愛情故事。

有一年，崔護遠赴長安讀書，準備應考進士。有一天，他一個人到都城南面郊遊。眼前有個大莊園，花木繁茂。他停留觀看，想起久沒喝水，便上前叩門，希望討些水喝。

沒想到開門的是個漂亮女子，崔才子一見鍾情，牙關打震，連忙說：「因獨行太久，想……想討些水喝。」

「好吧。」女子答應崔護的請求。目的達成後，崔護便告辭離去，專心讀書。

一年過去，崔護應試之後，仍心繫佳人，便往同一地方，希望與對方再遇。無奈芳蹤已渺，崔護只好帶點失望地在莊門題上此詩，以表情思。

寫法特色

此詩的作法特色是故事色彩以及出色的襯托手法。開端兩句，像「去年今日此門

中」，已點出時間、地點，並顯出崔護對佳人印象深刻，帶有故事色彩。第二句「人面桃花相映紅」，將人與花交織在一起，因為有人，桃花更有生氣，因為有花，美人更添嬌豔，相互輝映。第三、四句寫重遊故地，惜「人面不知何處去」，只見「桃花依舊笑春風」，以桃花尚在，反襯人去樓空，益增作者惆悵失落之情。

生活應用

此詩寫崔護重訪故院，正值桃花盛開的時節，春光明媚，生氣盎然，正是令人心曠神怡的樂景，唯佳人遠去，物是人非，故有「人面不知何處去」的惆悵哀思。作者以此作反照，更能突出不遇佳人的哀傷無奈。

同學寫作文章時，實可參考這種技法，定可使文情跌宕有致，且能提升文章的感染力。同學畢業之後回母校探望老師，可有人面桃花之感？

柳宗元　江雪

撰文：蒲葦、吳曉鋒

掃碼看視頻

原文

千山鳥飛絕，

萬徑人蹤滅。

孤舟蓑[1]笠[2]翁，

獨釣寒江雪。

內容大意

要深刻形容「孤」或者「獨」，最貼切的應該是柳宗元的這首〈江雪〉。

柳宗元的一生，令人唏噓。他自小聰敏，二十一歲進士及第，本來前途無量，誰知參與王叔文領導的革新之後，就不斷被貶貶貶，貶到去老遠的永州。永州極為荒僻，初報到的他因為水土不服，百病叢生。為了苦撐下去，只好用精神勝利法，自放於山水之間，經常用欣賞好山好水的享受之情來慰藉自己。

詩中那位孤獨垂釣的漁翁，正正就是柳宗元自身的投射，暗示他雖然身處逆境，仍不失堅毅意志。

風雪很大，籠罩一切，水天迷茫，無人通行，飛鳥絕跡，荒蕪至極，別說一個人了，想找任何會動的生物都很困難。然而，在冰天雪地下，竟然有一個無懼嚴寒的漁翁，於小船上頂着寒風孤獨垂釣，還一副怡然自得，確實超脫。現實上，柳宗元仕途坎坷，清高孤傲，亦是無人理解。不過，風雪再大，都動搖不了他的堅毅。

寫作特色

全詩運用白描手法，集中勾勒景物的輪廓，「千山」、「萬徑」寫出山野的廣闊無

1　讀音：so1〔梭〕
2　讀音：lap1〔粒〕

邊;「絕」、「滅」刻劃嚴寒淒冷的畫面;「孤」字,既寫舟又寫人;「蓑笠」、「獨釣」活現漁翁孤絕的形象;最後用一「寒」字,點明風雪凜冽,並與題目「江雪」相呼應,意境非常豐富。

生活應用

各位同學,每個人都需要有獨處的時刻,在這個空間你可以很自在,亦可能很寂寞。

其實,孤獨是人生的一部分,可以與內心進行深層對話,問問自己最想實踐的是甚麼,有甚麼要去處理。研究顯示,聰明的人特別喜歡獨處,當然了,關顧自己的心,人生目標會更清晰。所以說,懂得面對孤獨的人,才會真正成長。以後不用再覺得需要獨處是很可憐很奇怪的想法,最重要是給予自己空間沉澱。

王安石　登飛來峰

撰文：蒲葦、吳曉鋒

掃碼看視頻

📄 原文

飛來峰上千尋塔，

聞說雞鳴見日升。

不畏浮雲遮望眼，

自緣身在最高層。

📄 內容大意

王安石曾經兩次出任宰相，他初入官場的時候就想進行改革，但遭受守舊派反對。三十多歲的他寫了這首〈登飛來峰〉，表明自己不畏艱險，堅持志向。

俗語說：「人言可畏」。但如果肯定自己做的事正確，人言就不足畏。

王安石有次途經江南，興之所至，想來一場輕鬆的登山之旅鍛煉一下，想不到卻低估了飛來峰的難度。他好不容易終於登上千尋高塔，古代八尺為尋，亦即按詩中所述，代表飛來峰有八千尺高。

捱過征途後，終於來到山頂，壯麗的西湖、錢塘江一覽無遺，過程多辛苦也是值得的。眼前水光處處，令人幻想到海上日出的景象，又想到偶像李白、孟浩然都寫過類似的詩，描寫聽到雞鳴時就有日出的美景。

他豪言不再擔心被浮雲遮擋視線，暗指朝中小人不會輕易得逞。安石人如其名，志比石堅，心口仿如有個勇字，這就是「欲窮千里目，更上一層樓」的境界。

西方諺語有這樣一句：你如果要批評指點風景，自己就要站得既高且遠。

詩人登上高處，俯瞰山下，由眼前景物寫施展經世濟民的抱負，身在最高層，意指站得高、看得遠。

寫作特色

「浮雲」比喻貼切，以雲比喻朝廷裏的奸邪小人及政途上的障礙。其實古人經常用「浮雲蔽日」表達自己不為世所用、受人陷害之苦，王安石反過來，很正面地表達自己胸襟廣闊，不怕任何困難。

生活應用

各位同學，社會發展日新月異，敢於嘗試、創新變得非常重要，不要輕視自己的抱負，哪怕只是一個念頭。不要因為別人的冷言冷語，或者潑冷水就輕易放棄，要學習王安石的高瞻遠矚，勇敢無畏。

舉個例子，以往大家又怎會想到「網購」會這麼普及，顛覆了大眾的消費習慣？甚或，又怎會想到 Youtuber 會大行其道，可以發展成事業呢？我也開始嘗試以影片教導中文，才會有這本書的誕生，勇敢嘗試，收穫可能充滿驚喜呢？

第七章

宋代散文

范仲淹　岳陽樓記

撰文：蒲葦

掃碼看視頻

📄 原文

　　慶曆四年春，滕子京謫守巴陵郡。越明年，政通人和，百廢具興。乃重修岳陽樓，增其舊制，刻唐賢、今人詩賦於其上；屬予[1]作文以記之。

　　予觀夫巴陵勝狀，在洞庭一湖。銜遠山，吞長江，浩浩湯湯，橫無際涯；朝暉夕陰，氣象萬千。此則岳陽樓之大觀也，前人之述備矣。然則北通巫峽，南極瀟湘，遷客騷人，多會於此，覽物之情，得無異乎？

　　若夫霪雨霏霏，連月不開；陰風怒號，濁浪排空；日星隱耀，山岳潛形；商旅不行，檣傾楫摧；薄暮冥冥[2]，虎嘯猿啼。登斯樓也，則有去國懷鄉，憂讒畏譏，滿目蕭然，感極而悲者矣。

　　至若春和景明，波瀾不驚，上下天光，一碧萬頃；沙鷗翔集，錦鱗游泳，岸芷汀蘭，郁郁[3]青青。而或長煙一空，皓月千里，浮光躍金，靜影沉璧；漁歌互答，此樂何極！登斯樓也，則有心曠神怡，寵辱皆忘，把酒臨風，其喜洋洋者矣。

　　嗟夫！予嘗求古仁人之心，或異二者之為。何哉？不以物喜，不以己悲。居廟堂之高，則憂其民；處江湖之遠，則憂其君。是進亦憂，退亦憂，然則何時而樂耶？其必曰：「先天下之憂而憂，後天下之樂而樂」歟！噫！微斯人，吾誰與歸！

📄 內容大意

　　文章寫於 1046 年。岳陽樓，本來是三國時吳國都督魯肅的閱兵臺，後建於唐玄宗時代。北宋慶曆四年，范仲淹好友滕子京被貶為巴陵郡太守，翌年重修岳陽樓，寫信給亦正被貶的范仲淹，請他寫文記事，希望他能祝賀及讚賞一番。好一個范仲淹，只

1　讀音：zuk1jyu4〔竹余〕
2　讀音：ming4〔明〕
3　讀音：juk1〔毓〕

是靠一幅畫，就遙距想像岳陽樓的情況，他並無親身上過岳陽樓，就寫成千古名篇，果真一絕。

范仲淹一生為國為民，多次強調「士當先天下之憂而憂，後天下之樂而樂」。這篇文章，是藉描寫及記敘岳陽樓，寄寓作者抱負。首先，作者藉觀賞岳陽樓說明讀書人的抱負，他們不會因為外在環境或個人榮辱而改變初心，見到滂沱大雨亦不會鬱鬱寡歡，而是以天下憂樂為己任。作者以此自許，並藉此勉勵好友滕子京。

寫作特色

全文結合記敘、寫景、議論，環環相扣，由景入情，最後揭示文章主旨，結構獨特。第一段交代作記之原因；第二段由岳陽樓的大觀過渡到登樓覽物的心情，建築物着墨不多，反而帶出「遷客騷人，多會於此，覽物之情，得無異乎」，為下面兩段抒情作鋪墊；第三段寫觀物後悲傷之心，第四段寫覽物而喜樂之情，對比強烈，情景交融。

文章雖然是一篇散文，但作者卻運用了許多對偶句，令文章讀來節奏勻稱，如「日星隱曜，山嶽潛形」、「沙鷗翔集，錦鱗游泳」等，為文章增添色彩。作者的用字功夫亦一流，如「銜遠山，吞長江」這兩句的動詞，突出了洞庭湖氣勢磅礴。最讓人印象深刻的，莫過於「不以物喜，不以己悲」，以及「先天下之憂而憂，後天下之樂而樂」，真是簡潔有力，啟發人心。

生活應用

這篇文對我來說啟發最大的，不是「先天下之憂而憂，後天下之樂而樂」，說實話，這麼多憂多慮不是辦法。我比較喜歡「不以物喜，不以己悲」。不要以為買到名牌就很厲害，人的氣質是金錢打造不來的。不如多閱讀，吸收文學素養，豐富內涵。

就算買不起名牌，物質條件沒那麼好，又或踏入社會工作，際遇不好，一直未有升職機會，我們亦不用自卑，不要受人影響。暴雨過後，一定會放晴的。只要努力生活，慢慢一步一步建設，我們亦可以擁有一座自己理想中的岳陽樓。

歐陽修　醉翁亭記

撰文：蒲葦

掃碼看視頻

原文

　　環滁皆山也。其西南諸峯，林壑尤美，望之蔚然而深秀者，瑯琊也。山行六七里，漸聞水聲潺潺而瀉出於兩峯之間者，釀泉也。峰迴路轉，有亭翼然臨於泉上者，醉翁亭也。作亭者誰？山之僧智仙也。名之者誰？太守自謂也。太守與客來飲於此，飲少輒醉，而年又最高，故自號曰「醉翁」也。醉翁之意不在酒，在乎山水之間也。山水之樂，得之心而寓之酒也。

　　若夫日出而林霏開，雲歸而巖穴暝，晦明變化者，山間之朝暮也。野芳發而幽香，佳木秀而繁陰，風霜高潔，水落而石出者，山間之四時也。朝而往，暮而歸，四時之景不同，而樂亦無窮也。

　　至於負者歌於塗，行者休於樹，前者呼，後者應，傴僂提攜，往來而不絕者，滁人遊也。臨溪而漁，溪深而魚肥。釀泉為酒，泉香而酒洌；山餚野蔌，雜然而前陳者，太守宴也。宴酣之樂，非絲非竹，射者中，弈者勝，觥籌交錯，起坐而喧譁者，眾賓歡也。蒼顏白髮，頹然乎其間者，太守醉也。

　　已而夕陽在山，人影散亂，太守歸而賓客從也。樹林陰翳，鳴聲上下，遊人去而禽鳥樂也。然而禽鳥知山林之樂，而不知人之樂；人知從太守遊而樂，而不知太守之樂其樂也。醉能同其樂，醒能述以文者，太守也。太守謂誰？廬陵歐陽修也。

內容大意

　　〈醉翁亭記〉在香港中學教科書中的地位，就好比香港樂壇的傳奇歌手許冠傑，歷久不衰。

　　作者歐陽修被貶滁州，第二年寫了〈醉翁亭記〉。為了排遣苦悶心情，歐陽修寄情山水，經常宴請賓客，與民同樂，與其留在家中鬱鬱悶悶，不如多與人交往。

獨樂樂，不如與眾同樂。獨自開心固然好，但更好的是大家一同享樂，生活更為富足美滿。太守跟滁人出遊時見到：背着行李的人在路上歌唱，走路的人在樹下休息，前呼後應，其樂融融。在歐陽修治理之下的滁州，百姓的物質與精神生活都得到滿足。

文章先總寫滁州，四面環山，鏡頭一轉，層層深入，恍似帶領讀者親歷其境。接着帶出琅邪山，再走下去釀泉，繼而引出此文描寫的主角，醉翁亭，層次由遠而近，井然有序。

寫作特色

文章妙在緊扣一個「樂」字，側面表達作者雖然年事已高，但治理滁州仍能令百姓安居樂業。從禽鳥之樂，帶出遊人之樂，再以太守之樂作昇華。因為你們快樂，所以我亦快樂，情操高尚。

寫這篇文的時候，歐陽修其實只有三十九歲，自號「醉翁」。這篇文的文氣不徐不疾，讀起來非常舒服順暢，是因為作者運用了大量「也」、「而」等虛字，使音節更諧協，也更有韻味。

生活應用

我們常聽說「醉翁之意不在酒」，不期然會想到一個人另有居心，狡猾盤算的形象。其實原作者歐陽修並無負面意思，原文是「醉翁之意不在酒，在乎山水之間也」。意思是，歐陽修說自己並不好酒，實情是因為美景當前，「山水之樂，得之心而寓之酒也」；喝少許酒，純粹是心境開朗，心情大好，無傷大雅。

所以，如果日後形容你「醉翁之意不在酒」，千萬不用憤怒，你可以回一句：「得之心而寓之酒也」。

歐陽修　賣油翁

撰文：蒲葦、吳曉鋒

掃碼看視頻

📖　原文

陳康肅公堯咨善射，當世無雙，公亦以此自矜[1]。嘗射於家圃[2]，有賣油翁釋擔而立，睨[3]之，久而不去。見其發矢十中八九，但微頷[4]之。

康肅問曰：「汝亦知射乎？吾射不亦精乎？」翁曰：「無他，但手熟爾。」康肅忿然曰：「爾安敢輕吾射！」翁曰：「以我酌油知之。」乃取一葫蘆置於地，以錢覆其口，徐以杓[5]酌[6]油瀝[7]之，自錢孔入，而錢不濕。因曰：「我亦無他，惟手熟爾。」康肅笑而遣之。

📖　內容大意

從前，有位文武雙全的男子名叫陳康肅，原名陳堯咨，擅長射箭。他可以用一枚銅錢做箭靶，每射亦能正中紅心，可想而知他箭藝非凡。

自命不凡的他，有一天在練習射箭，剛巧有一名賣油翁經過，放下擔子站在一旁觀看，親眼見證陳康肅十次射中八九次，但老翁亦只是輕輕點頭表示讚許。康肅覺得不是味兒，忍不住反問賣油翁，難道不覺得他的箭術非常出色嗎？應該激動鼓掌才是。殊不知賣油翁只是輕描淡寫地說他的箭術亦無特別，熟練而已，隨即高手過招。

他在地下放了個葫蘆，將銅錢覆蓋葫蘆口，再慢慢用杓將油注入去，過程中，油竟然絲毫沒有沾到銅錢，最後說了句：「我亦無他，惟手熟爾。」原來高手在民間。

這個故事道理很簡單，就是做任何事，只要勤加苦練，自然能像兩位主角般熟能生巧。更重要的是，緊記就算有才能亦不能囂張，否則就會像康肅一樣，顯得有點自大了。

1　讀音：ging1〔經〕
2　讀音：pou2〔普〕
3　讀音：ngai6〔藝〕
4　讀音：ham5〔含〕
5　讀音：soek3〔削〕
6　讀音：zoek3〔爵〕
7　讀音：lik6〔力〕

寫作特色

　　這篇散文藉助故事人物的對話及行為去說明熟能生巧的道理。賣油翁說的一句「我亦無他，惟手熟爾」，點明文章中心思想。文中生動地刻畫出陳康肅射藝高超跟賣油翁瀝油功夫了得的情節，令人物形象更加鮮明。

生活應用

　　我經常聽見同學抱怨自己學習樂器、運動不如別人出色，往往不敢參加樂團、球隊。各位同學，第一步當然要認清自己的興趣與天分，更重要的是必須堅持不懈、勤學苦練，才會進步。俗語說：「只要功夫深，鐵杵磨成針」。未苦練過就已經卻步，是不會成功的，普天之下，無不勞而穫的成績。做任何事亦一樣，要對自己有要求，練至「熟練」的程序，自然會有收穫。

蘇洵　六國論

撰文：蒲葦

掃碼看視頻

📄 原文

　　六國破滅，非兵不利，戰不善，弊在賂秦。賂秦而力虧，破滅之道也。或曰：「六國互喪，率賂秦耶？」曰：「不賂者以賂者喪。」蓋失強援，不能獨完，故曰「弊在賂秦」也。

　　秦以攻取之外，小則獲邑，大則得城，較秦之所得與戰勝而得者，其實百倍；諸侯之所亡與戰敗而亡者，其實亦百倍。則秦之所大欲，諸侯之所大患，固不在戰矣。思厥先祖父，暴霜露，斬荊棘，以有尺寸之地。子孫視之不甚惜，舉以予人，如棄草芥。今日割五城，明日割十城，然後得一夕安寢；起視四境，而秦兵又至矣。然則諸侯之地有限，暴秦之欲無厭，奉之彌繁，侵之愈急，故不戰而強弱勝負已判矣。至於顛覆，理固宜然。古人云：「以地事秦，猶抱薪救火，薪不盡，火不滅。」此言得之。

　　齊人未嘗賂秦，終繼五國遷滅，何哉？與嬴而不助五國也。五國既喪，齊亦不免矣。燕趙之君，始有遠略，能守其土，義不賂秦。是故燕雖小國而後亡，斯用兵之效也。至丹以荊卿為計，始速禍焉。趙嘗五戰於秦，二敗而三勝；後秦擊趙者再，李牧連卻之；洎牧以讒誅，邯鄲為郡，惜其用武而不終也。且燕趙處秦革滅殆盡之際，可謂智力孤危，戰敗而亡，誠不得已。向使三國各愛其地，齊人勿附於秦，刺客不行，良將猶在，則勝負之數，存亡之理，當與秦相較，或未易量。

　　嗚呼！以賂秦之地，封天下之謀臣；以事秦之心，禮天下之奇才；併力西向，則吾恐秦人食之不得下咽也。悲夫！有如此之勢，而為秦人積威之所劫，日削月割，以趨於亡！為國者無使為積威之所劫哉！

　　夫六國與秦皆諸侯，其勢弱於秦，而猶有可以不賂而勝之之勢；苟以天下之大，而從六國滅亡之故事，是又在六國下矣！

📄 內容大意

　　戰國時代，有所謂「戰國七雄」，是指韓、趙、魏、楚、燕、齊、秦，其後六國先後被秦國吞併。〈六國論〉中蘇洵議論戰國時六國的歷史，分析六國敗亡的原因，並藉此諷諫當朝，亦即北宋的執政者，認為北宋與外族，即遼及西夏的關係，就像當年六國與秦國的形勢一樣。

　　作者開門見山，指有人認為六國敗亡的原因是兵不利、戰不善，但作者並不認同，他認為六國不堅守土地，被秦國稍為威嚇，就立即將土地免費奉上，以致實力此消彼長。最根本的原因，就是以地事秦，造成骨牌效應，不夠齊心的六國才被逐個擊破。

📄 寫作特色

　　蘇洵是大文豪蘇軾和蘇轍的父親。他非常熟悉議論文的寫法，開始時即下筆立論，提出「六國破滅，弊在賂秦」的中心論點。接着，逐點反駁一般人提出的錯誤觀點，最後才提出個人見解，層次井然，邏輯分明。

　　議論文最不能夠缺少的，就是舉例論證。如果無例子，只會淪為自言自語。蘇洵所舉的例子，非常全面，覆蓋了常見的四大例證，包括事例、史例、語例及設例。同學不妨來個小練習，一邊閱讀文章，一邊試着配對出例證類型及蘇洵所舉的例子，例如，「趙嘗五戰於秦，二敗而三勝」，就是史例。因為往績是會寫進歷史的。

　　最後，蘇洵含蓄地寫下總結。他暗示自己其實不是想寫六國，而是希望藉古諷今，寄語北宋的當政者不要重蹈六國的覆轍，對着國力弱很多的西夏也不敢進攻。作者的手法高明，進可攻退可守，即使被指責侮辱在位者，亦能轉移視線，不過是在議論六國歷史而已。

📄 生活應用

　　文中有一句：「古人云：『以地事秦，猶抱薪救火，薪不盡，火不滅。』此言得之。」句子當中的「抱薪救火」與臥薪嘗膽、薪火相傳、釜底抽薪等成語有甚麼共同特點？就是都含有「薪」字。

　　很多同學認為，讀古文不實用，生活上用不着，其實亦不盡然。像「薪」字，〈六

國論〉説:「以地事秦,猶抱薪救火」,薪指的是柴、柴草,抱着柴去救火,只會令火愈燒愈旺,簡直荒謬;薪火相傳就不同了,要圍柴取火,才能夠繼續有光,比喻知識必須有人接棒,流傳下去。

同學會問,那我們現今用的「薪金」、「薪水」,跟柴有關嗎?薪金,另稱柴薪,在煮食艱難的古代,僱主付工錢的形式,就是用柴了。時至今天,「出糧」變「出柴」,當然沒人願意了。

蘇軾 記承天寺夜遊

撰文：蒲葦、吳曉鋒

掃碼看視頻

📄 原文

元豐六年十月十二日，夜，解衣欲睡，月色入戶，欣然起行。念無與為樂者，遂至承天寺，尋張懷民。懷民亦未寢，相與步於中庭。

庭下如積水空明，水中藻、荇交橫，蓋竹柏影也。

何夜無月？何處無竹柏？但少閑人如吾兩人者耳。

📄 內容大意

〈記承天寺夜遊〉這篇文章，反映蘇東坡被貶時仍能享受閑逸、欣賞自然美景的樂觀性情。

有一晚，正想寬衣就寢的蘇東坡見醉人月色照入屋內，忽然很有興致。你興致來到時，會希望相約朋友吃飯或到海邊吹吹風，古時文人亦相差不遠，喜歡到戶外散散步欣賞風景。東坡在散步時心想：良辰美景不應該獨享，不如找位志同道合的「同是天涯淪落人」，於是他很開心地去承天寺，找同樣被貶的張懷民，即興把臂同遊，享受這份「男人的浪漫」。

皎潔月色下，庭院裏好像積了一泓澄明的清水，水中好像有很多水草縱橫交錯，原來只是竹跟柏樹的倒影。才子心有感慨，自嘲道：其實哪一晚會無月光呢？哪個地方會無竹及柏樹呢？這些景物隨手可見，只有我們二人才這麼有閑情逸致，特地欣賞這個平常的月下景色。

📄 寫作特色

這篇遊記最高妙的地方，是寫景時虛實結合。作者先將灑滿一地的月光比喻成水，「積水空明」，突出月光的清朗空靈，再將竹柏的倒影比喻成水中交錯相生的水草。

竹柏是實景，屬於靜態；水中漂浮搖曳的水草是虛景，屬於動態。動中有靜，靜

中有動，好像如幻似真的仙境，襯托安寧自在的心靈。

🗐 生活應用

　　各位同學，相信你們心情不好時，亦會找朋友去盡情玩樂一番，或者靜靜地跟人傾訴心事。不如試着學蘇東坡跟朋友般，夜遊去看風景，多點親近大自然，好好享受閑適帶來的樂趣。説不定是一帖最有效的良藥，療癒心靈，為自己注入滿滿的正能量，令思路更為清晰，認清人生的方向，重新出發。

周敦頤　愛蓮說

撰文：蒲葦、吳曉鋒

掃碼看視頻

📖 原文

水陸草木之花，可愛者甚蕃[1]。晉陶淵明獨愛菊；自李唐來，世人甚愛牡丹；予獨愛蓮之出淤泥而不染，濯[2]清漣而不妖[3]，中通外直，不蔓不枝，香遠益清，亭亭淨植，可遠觀而不可褻玩焉[4]。

予謂：菊，花之隱逸者也；牡丹，花之富貴者也；蓮，花之君子者也。噫[5]！菊之愛，陶後鮮[6]有聞；蓮之愛，同予者何人？牡丹之愛，宜乎眾矣！

📖 內容大意

作者周敦頤藉蓮花的特質來讚美君子品格高尚，詠物說理。

詩一開首，作者表明自己的專一。雖然在花花世界，有很多其他可愛的選擇，但他獨愛蓮花，因為蓮花有君子的特質，即使身處惡劣環境亦不受污染，清香脫俗，不會阿諛奉承，反而堅守原則，清高而自愛。

蓮花清高之名即使遠播，其他人亦只能像觀看偶像一樣保持距離，遠遠欣賞，不能近距離觸碰。作者對蓮花讚不絕口，表示他本人重視修養，並且追求跟蓮花一樣的生活態度。

相較之下，作者覺得菊是花中隱士，比較孤高，即使欣賞但不算是他的追求；牡丹則像富貴人家，受大眾喜愛，但他卻不屑認同只顧追名逐功的膚淺人生。

說到底，蓮才是真君子，作者忍不住慨歎自己沒有同道人，世上正人君子何其

1　讀音：faan4〔凡〕
2　讀音：zok6〔鑿〕
3　讀音：jiu1〔邀〕
4　讀音：jin4〔然〕
5　讀音：ji1〔衣〕
6　讀音：sin2〔冼〕

少？他於文中勸喻世人不要隨波逐流，要活得清高。

寫作特色

明明最愛蓮，作者為何要寫菊及牡丹呢？原來是襯托手法，有了這兩種花作為配角陪襯，分別跟蓮花構成正襯與反襯。菊花近似蓮花，一樣少人喜歡，兩者同樣象徵有德行的人，屬正襯；牡丹象徵貪慕虛榮者，無品德可言，屬反襯。作者藉花喻人，強化詠物主題及諷刺意味。

生活應用

很多人說，香港最受人信奉的「宗教」是金錢，身處金錢與物質掛帥的社會，很容易受物慾控制而迷失自我。同學們應該如何自處？例如，不少人追逐最新型號的手機、穿最新潮的球鞋，但其實這是無止境的追求，甚至是煩惱的根源。

我們要明白，物質只會帶來短暫快樂，精神層面上的滿足才是長期快樂的泉源。正因如此，不少人開始反思生活，主張「極簡主義」，擁有愈少，生活就愈幸福。當擺脫了物質的枷鎖，慢慢地，我們可以重新認清自己的興趣及信念，感受快樂的真諦，大家不妨一試。

佚名　岳飛之少年時代

撰文：蒲葦、吳曉鋒

掃碼看視頻

原文

　　岳飛，字鵬舉，相州湯陰人也。生時，有大禽若鵠[1]，飛鳴室上，因以為名。未彌月，河決內黃，水暴至，母姚氏抱飛坐巨甕中，衝濤乘流而下，及岸，得不死。

　　飛少負氣節，沉厚寡言。天資敏悟，強記書傳，尤好《左氏春秋》及孫吳兵法。家貧，拾薪為燭，誦習達旦不寐。生有神力，未冠[2]，能挽弓三百斤。學射於周同。同射三矢[3]，皆中的，以示飛；飛引弓一發，破其筈[4]；再發，又中。同大驚，以所愛良弓贈之。飛由是益自練習，盡得同術。

　　未幾，同死，飛悲慟[5]不已。每值朔望，必具酒肉，詣同墓，奠而泣；又引同所贈弓，發三矢，乃酹[6]。父知而義之，撫其背曰：「使汝異日得為時用，其殉國死義乎？」應曰：「惟大人許兒以身報國家，何事不可為！」

內容大意

　　岳飛，字鵬舉，相州湯陰人也。這一課，相信大家都耳熟能詳，正是初中必教的〈岳飛之少年時代〉。

　　何謂英雄氣概？閱讀文章中的岳飛就會知道了。

　　岳飛出世的一刻，已注定是位傳奇人物。當日天有異象，有隻類似天鵝的大鳥一邊飛一邊叫，家人於是決定把這名嬰兒命名為「飛」。他接近滿月之時，黃河決堤，母親抱着他，二人一同躲入大水缸裏，就好像那部《少年 Pi 的奇幻漂流》電影一樣驚險，

1　讀音：huk6〔酷〕
2　讀音：gun3〔貫〕
3　讀音：ci2〔此〕
4　讀音：kut3〔括〕
5　讀音：dung6〔動〕
6　讀音：laai6〔賴〕

他們幾經風險終於漂到岸邊，大難不死。

岳飛人窮志不窮，小時候已有盡忠報國的志氣，放於現今社會，他可能也是一名資優學生。他修文習武，非常勤力之餘，學業表現亦相當出色，擅長背讀群書，又熱愛鑽研講述行軍打仗策略的書籍，難怪長大後精於作戰，戰績斐然。我們為了讀書，可以付出多少？岳飛就每夜拾柴生火，通宵捱夜苦讀，令人佩服。

岳飛亦是一名大力士，十幾歲就能拉三百斤的弓。他的射箭老師周同堪稱百發百中，誰知岳飛竟然把周同射在箭靶紅心上的箭尾，一箭射穿，青出於藍勝於藍。

他們兩師徒的感情深厚，周同去世後，岳飛傷心欲絕，每逢初一、十五必定到墳前拜祭。岳飛的父親眼見兒子重情重義，問他會否希望以身報國？岳飛表示「身體髮膚，受諸父母，不敢毀傷」，堅決要得到父親的允許才可以。他的孝順及愛國之心，感人肺腑。少年時代的他，已有過人的學問、技藝及道德，難怪日後成大器。

寫作特色

作者用敍事寫人手法，選取經典事件去刻畫岳飛的性格特點。例如寫他決心勤學苦練，達至文武雙全；又堅持用恩師送的弓箭，反映他尊師重道，大家可以多角度了解主角的品格。

生活應用

各位同學，岳飛有好多優點值得我們學習。在他身上，你會發現原來大家愈早認清方向愈好，立志定下目標，就會有充足時間做好準備，建立堅實的基礎。更重要的是，就算發掘到自己於某方面有天分，亦要虛心跟從老師學習，後天再用心苦練，才會精益求精。如果想單靠天分就想成功，其實是不夠的。

第八章

宋代詩詞賦

蘇軾　念奴嬌·赤壁懷古

撰文：蒲葦、吳曉鋒

掃碼看視頻

原文

大江東去，浪淘盡、千古風流人物。故壘[1]西邊，人道是、三國周郎赤壁。亂石穿空，驚濤拍岸，捲起千堆雪。江山如畫，一時多少豪傑！

遙想公瑾當年，小喬初嫁了，雄姿英發。羽扇綸[2]巾，談笑間、檣[3]櫓[4]灰飛煙滅。故國神遊，多情應笑我，早生華[5]髮。人間如夢，一尊[6]還酹[7]江月。

內容大意

「赤壁懷古」是詞題，「懷古」指對古跡的懷想、憑弔。赤壁是三國時吳蜀聯軍大破曹操的地方，但本詞所寫的「赤壁」，並非當年「赤壁之戰」之地，而是東坡被貶黃州時遊覽的赤壁磯（又名赤鼻磯）。

開首，長江奔流的壯闊畫面非常震撼，歲月好像浪花似的洗刷「千古風流人物」。「風流」，是讚古人有功績、有文采，不要誤會是形容結交女生那種情情愛愛的個性。東坡跟着帶大家親身看看赤壁大戰的場景，嶙峋巨石直衝天際，波濤拍岸，面對如此驚心動魄的景象，他喘一喘氣，感歎江山上究竟出現過幾多受人景仰的豪傑呢？

詩人先聚焦在「男神」周瑜身上，他不只有型，還娶了「女神」小喬，又從容地殲滅敵人，有權、有戰績，簡直是令人「葡萄」的人生勝利組。回看自己，是名四十多歲的「中佬」，一事無成，白頭髮也跑出來了，真不知是可悲還是可笑。

詩人從歷史中看透人生，覺得多出色的偉人最後亦是難逃一死，世事就像一場

1　讀音：leoi5〔呂〕
2　讀音：gwaan1〔關〕
3　讀音：coeng4〔場〕
4　讀音：lou5〔老〕
5　讀音：faa1〔花〕
6　讀音：zeon1〔樽〕
7　讀音：laai6〔賴〕

夢，即使再埋怨也沒用，不如放下執念，藉一樽酒去灑祭江月，當是向他們致敬也好。

寫作特色

這首經典作品，在寫景、寫人方面都非常出色。首先，詩人借景抒情，藉滾滾江水、亂石直插天穹、驚濤拍岸等氣勢磅礴的景象，抒發曾經叱咤風雲的豪傑，最終都淹沒在歷史洪流中的感慨。即使建立豐功偉業都不能長存，表達出作者雖然仕途失意、壯志未酬，但明白功名轉眼成空而不足介懷的豁達態度。

接着詞人運用反襯手法，先直接用「雄姿英發，羽扇綸巾」寫周瑜的意氣風發、年輕有為，形象鮮明。東坡寫周瑜在赤壁建功立業，正好用來反襯個人坎坷不遇的身世，反襯自己年華老去、功業未成的苦況。

修辭多樣亦是此詩的一大特色，有助刻劃描寫對象。東坡以江水明月的恆久不變與人生短暫如夢作對比；「千堆雪」借喻被捲起如雪的白浪，令場面更壯觀；「談笑間、檣櫓灰飛煙滅」誇張地表現出周瑜短時間內輕鬆消滅敵軍的卓越才能。用字方面，壁、雪、傑、發、滅、髮字押入聲韻，節奏感非常強勁。

生活應用

相信很多同學亦有自己仰慕的偶像，正如東坡當時發思古之幽情，想到自己欣賞的周瑜，他覺得自己比不上周瑜，因為無人重用自己，人又老，又無成就，難免有點「玻璃心」。

同學們，如果你們亦試過這種感受，千萬不要自卑。「人比人，比死人」，無須跟人比較這麼痛苦。東坡教我們「人間如夢」，認清古今偉人都敵不過歲月洗禮，做人不要過分執着於一時的得失，我們要學會欣賞自己，亦可以將偶像當成人生上進的目標，努力向前。

蘇軾　江城子・乙卯正月二十日夜記夢

撰文：蒲葦、吳曉鋒

掃碼看視頻

📑 原文

十年生死兩茫茫。不思量，自難忘。千里孤墳，無處話淒涼。縱使相逢應不識，塵滿面，鬢如霜。

夜來幽夢忽還鄉。小軒窗，正梳妝。相顧無言，惟有淚千行。料得年年腸斷處：明月夜，短松岡。

📑 內容大意

蘇東坡是豪放派詞人的代表，此悼亡詞是難得的婉約柔情之作。

理解這首詞，首先要了解一下東坡的愛情史。他十九歲娶了十六歲的王弗，婚後恩愛情深，可惜天意弄人，妻子二十七歲病逝，東坡遭受極大打擊。王弗死後一年，父親蘇洵繼而去世，自己又捲入變法紛爭，人生路一直走來亦非常壓抑。小序「乙卯正月二十日夜記夢」點出，此詞作於東坡四十歲被貶到密州之時。他夢到已死去十年的亡妻，將深沉的憶念跟身世悲憤化成這首悼亡詞。

驚天動地愛戀過，固然可歌可泣，想像一下東坡以哭腔說出一句「十年生死兩茫茫」，跟愛人陰陽永隔，就算不刻意去思量對方，自然亦永難忘懷，對方就好像長駐在心裏，聽者心酸。最無奈的是，他覺得就算有幸重逢，自己亦已經年老虛弱，恐怕亡妻都認不到他。所謂「日有所思，夜有所夢」，他夢到妻子梳妝打扮，彼此相對無言，只有滿面淚水的畫面。夢醒後回到現實，想到亡妻的孤墳只有明月和短松相伴，一定很寂寞，肝腸寸斷之際，思念鑽得更深。

📑 寫作特色

整首詞委婉細膩，詞人首句直抒胸臆，把愛妻離世帶來的茫然表達得何其深婉，哀悼中更揉進自己身世茫茫之悲苦，進而寫夢境反映其思念之痛愈鑽愈深，使人為之

動容，讀起來一字一淚。

📑　生活應用

　　人世間最苦莫過於失去至親或愛人。生老病死雖是定律，說易行難，要好好面對是極難之事。思念來襲的時候，每個人的處理方法亦不同，東坡選擇寫文，不失為一個好方法。最緊要的是，學會坦然面對，千萬不要沉溺苦海，把無盡的思念化成生存的勇氣，好好代替逝者活下去，活出意義，把逝者生前的精神延續下去。至於那些不捨的感情，就用三個字去概括：在心中。

蘇軾　水調歌頭‧明月幾時有（並序）

撰文：蒲葦、吳曉鋒

掃碼看視頻

原文

丙辰中秋，歡飲達旦，大醉，作此篇，兼懷子由。

明月幾時有？把酒問青天。不知天上宮闕，今夕是何年。我欲乘風歸去，又恐瓊樓玉宇，高處不勝寒。起舞弄清影，何似在人間。

轉朱閣，低綺戶，照無眠。不應有恨，何事長向別時圓？人有悲歡離合，月有陰晴圓缺，此事古難全。但願人長久，千里共嬋娟。

內容大意

蘇東坡的〈水調歌頭‧明月幾時有〉非常流行，連香港歌手王菲亦有一首《但願人長久》，唱至家喻戶曉。

中秋某夜，蘇東坡很想念遠在他處的弟弟子由，亦即蘇轍，可惜自己被貶密州，空有一番思念。蘇東坡借酒澆愁，幾分酒醉之後就質問月亮，忘記了當時是何年何月，還很浪漫地想「乘風歸去」，擺脫煩惱。

如何才能盡如人意？攀得愈高，愈懼怕「高處不勝寒」，又有哪裏可以瀟灑起舞？正如想回朝廷效忠，又怕小人當道，難以承受，不免陷入理想與現實的矛盾。

「每逢佳節倍思親」，月光流轉到朱紅色樓閣、雕花門窗，月色灑在這個失眠人身上。幸好，蘇東坡自我排解，為自己來了場心理輔導，由月及人，領悟人生就像月亮，自古以來都無人完美，人生要面對悲歡離合，月亮亦時圓時缺。最後，詞人慷慨地將愛與祝福送給世人，祝願天下人都長長久久，即使相隔千里，亦可共賞月色。

寫作特色

這首詞結構嚴密，描寫、抒情、議論都因「月」而展開，緊扣着「月」。如上片「明月幾時有」與下片「不應有恨，何事長向別時圓」、「月有陰晴圓缺」、「千里共嬋娟」

等互相呼應。

🗐　生活應用

　　各位同學，如果你們遇到挫折或不如意的事，無須飲酒排解，最重要是學習蘇東坡自我安慰，接受世事不完美，身處逆境亦無所畏懼！「人生不如意事十常八九」，既然連月亮亦有圓缺，此乃自然定律，人生無須苦苦追求完美，過程中盡力就好。豁達自在地去看人生高低起伏、悲歡離合，才能發掘新視野，走出困局。

蘇軾　和¹子由澠池懷舊

撰文：蒲葦、吳曉鋒

掃碼看視頻

原文

人生到處知何似？應似飛鴻踏雪泥。

泥上偶然留指爪，鴻飛那復計東西。

老僧已死成新塔，壞壁無由見舊題。

往日崎嶇還記否？路長人困蹇²驢嘶³。

內容大意

有一日，蘇東坡途經澠池，憶及弟弟子由，亦即蘇轍，就和了他的一首詩。後來，廣泛傳誦的成語「雪泥鴻爪」，就是出自這首詩，引申為往事遺留下來的痕跡。

蘇轍的原詩充滿懷舊感情，他認為他與澠池有緣，但又為何要離別？蘇軾於是寫了這首詩來回應弟弟的感慨，人生飄忽不定，充滿未知數，就好像鴻雁飛翔的時候，偶爾也會站於雪上歇息，留下足印。當大雁飛走，足印隨着融雪而消逝，一切亦不復存在。

接着，他又回想自己曾經在澠池佛寺投宿，受到奉閑和尚款待，如今和尚已經去世，就連當年在佛寺題的詩，亦因牆壁毀壞而消失。又記得當年前往開封的路途非常崎嶇，馬累斃而換騎驢子，驢子走了一段路後亦累得悲鳴嘶叫，可以想像當時情況有多艱難。

最後，蘇軾感悟，人生雖然無常，但消失了的事物不代表沒存在過，我們應該盡力於人生中留下富意義又美好的痕跡。即使旅途艱苦漫長，正正是一種歷練。透過懷舊，他與弟弟互相勉勵，手足情深。

1　讀音：wo6〔禍〕
2　讀音：gin2〔件〕
3　讀音：sai1〔西〕

🗐　寫作特色

　　這首詩最令人深刻的印象，是作者用各個畫面去回應一些人生中很抽象的問題，頭尾兩句巧設疑問。人生就像甚麼呢？像一隻大雁在雪地上留下足跡，卻瀟灑地一飛衝天，不再回頭。清代大才子紀曉嵐曾評價此詩：「意境恣逸，則東坡之本色。」

🗐　生活應用

　　現在潮流流行懷舊，很多同學都喜歡做「潮童」，嘗試古着風格，感覺很有味道。其實懷舊的情懷除了可以展現在打扮上，回顧感情，亦會帶給你意想不到的收穫。

　　回想自己以往走過的波折、克服過的難關，舊事舊物中，可能會找到一股超凡的生命力量，原來一直提供了強大的動力令你繼續前行，就算風高浪急，無常來臨，亦不要忘記這股力量。

蘇軾　前赤壁賦

撰文：蒲葦、吳曉鋒

掃碼看視頻

📑 原文

　　壬戌之秋，七月既望，蘇子與客泛舟遊於赤壁之下。清風徐來，水波不興。舉酒屬[1]客，誦明月之詩，歌窈窕之章。少焉[2]，月出於東山之上，徘徊於斗牛之間。白露橫江，水光接天。縱一葦之所如，凌萬頃之茫然。浩浩乎如憑虛御風，而不知其所止；飄飄乎如遺世獨立，羽化而登仙。於是飲酒樂甚，扣舷而歌之。歌曰：「桂棹[3]兮蘭槳，擊空明兮泝[4]流光。渺渺兮予懷，望美人兮天一方。」客有吹洞簫者，倚歌而和之，其聲嗚嗚然，如怨如慕，如泣如訴。餘音嫋嫋[5]，不絕如縷。舞幽壑之潛蛟，泣孤舟之嫠[6]婦。

　　蘇子愀[7]然，正襟危坐，而問客曰：「何為其然也？」客曰：「『月明星稀，烏鵲南飛。』此非曹孟德之詩乎？西望夏口，東望武昌。山川相繆，鬱乎蒼蒼。此非孟德之困於周郎者乎？方其破荊州，下江陵，順流而東也，舳艫千里，旌[8]旗蔽空，釃[9]酒臨江，橫槊[10]賦詩，固一世之雄也，而今安在哉？況吾與子漁樵於江渚之上，侶魚蝦而友麋[11]鹿。駕一葉之扁舟，舉匏[12]尊[13]以相屬。寄蜉蝣於天地，眇滄海之一粟。哀吾生之須臾，羨長江之無窮。挾飛仙以遨遊，抱明月而長終。知不可乎驟得，託遺響於悲風。」

　　蘇子曰：「客亦知夫水與月乎？逝者如斯，而未嘗往也。盈虛者如彼，而卒莫消長

1　讀音：zuk1〔足〕
2　讀音：jin4〔然〕
3　讀音：zaau6〔驟〕
4　讀音：sou3〔訴〕
5　讀音：miu5〔秒〕
6　讀音：lei4〔離〕
7　讀音：ciu2〔悄〕
8　讀音：sing1〔星〕
9　讀音：si1〔施〕
10　讀音：sok3〔索〕
11　讀音：mei4〔眉〕
12　讀音：paau4〔刨〕
13　讀音：zyun1〔樽〕

也。蓋將自其變者而觀之，則天地曾不能以一瞬。自其不變者而觀之，則物與我皆無盡也，而又何羨乎？且夫天地之間，物各有主，苟非吾之所有，雖一毫而莫取。惟江上之清風，與山間之明月，耳得之而為聲，目遇之而成色。取之無禁，用之不竭。是造物者之無盡藏也，而吾與子之所共適。」客喜而笑，洗盞更 [14] 酌，肴核既盡，杯盤狼藉，相與枕藉乎舟中，不知東方之既白。

內容大意

蘇東坡被貶黃州，跟朋友於赤壁泛舟，要留意，地點是赤壁磯，又名赤鼻磯，並非當年赤壁之戰所在地。他忽然興致到了，由追憶古戰場而感懷萬物盛衰。

他們坐在船上享受清風拂面，欣賞白露、高山、流水及月色，極具雅興，此情此景，怎少得吟詩呢？心情大好便飲酒盡興，唱出思念「美人」的悵惘，客人亦吹起簫來助興，音調悲涼幽怨。

客人這個時候，開始說赤壁的故事。當年曹操破荊州時，戰旗遮天蔽日，氣勢非凡。但曹操這位英雄如今又在何處呢？他這麼傳奇都只是顯赫一時，何況自己？想到生命短暫，想像神仙、明月一樣長生不老，客人自知只是痴心妄想，才用簫聲來排解愁苦。

東坡認為不妨轉換思考角度，從不變的定律看，一切都是永恆長久。事物各有其主，一如功名利祿，千萬不要強求，勉強沒有幸福。大自然才是上天的禮物，人人亦可以享用。客人聽着開懷，繼續餘興，快活得一轉眼便已天亮。

寫作特色

東坡想像力豐富，加入不少形象化的比喻。「縱一葦之所如」，舟像一葦葉這麼輕細；「寄蜉蝣於天地，眇滄海之一粟」將生存比作蜉蝣，短暫寄居於天地，又似滄海中一顆穀粒般渺小；最後以水與月比作人生，比喻貼切。

生活應用

同學讀東坡的作品，多數抒發人生無常，及時行樂，這一篇文章的特別在於他的

---

14 讀音：gang1〔庚〕

感悟更深。他認為人與萬物皆無窮無盡，不一定是短暫的，只視乎觀點與角度。

所以，年輕時多經歷些挫敗也是好事，不用付學費又有機會鍛煉，不是很難得嗎？人生無可能一帆風順，你打電玩遊戲亦期待愈玩愈強吧？下次遇到困難，或者應該多謝上天給我們考驗，讓我們有機會成為更強的人。

蘇軾　定風波‧莫聽穿林打葉聲

撰文：蒲葦、吳曉鋒

掃碼看視頻

原文

三月七日，沙湖道中遇雨。雨具先去，同行皆狼狽，余獨不覺。已而遂晴，故作此。

莫聽穿林打葉聲，何妨吟嘯且徐行。竹杖芒鞋輕勝馬。誰怕？一蓑[1]煙雨任平生。

料峭春風吹酒醒。微冷。山頭斜照卻相迎。回首向來蕭瑟處。歸去，也無風雨也無晴。

內容大意

風波難定？不要緊，最重要是心定。多謝蘇東坡的〈定風波〉為我們帶來啟發。

東坡兄仕途坎坷，他曾經被人誣衊作詩諷刺朝廷，結果含冤入獄。幸好宋神宗憐惜他是難得之才，案件上訴後，性命雖保，但則要被貶黃州。

經歷多了，果然有助累積智慧。有一年春天，東坡跟朋友遊山玩水，突然下起大雨來，無人備有雨具，眾人非常狼狽，東坡不但沒有埋怨上天，但見他從容不迫，悠然自得。

狂雨擊打樹葉，他一於懶理，於雨中自在地漫步，不時唱唱歌，吹吹口哨，好不寫意。當時他簡樸得只有一根竹杖、一對草鞋，但他說這比騎馬還輕鬆，好像無官一身輕一樣，不用理人會別人目光。

驟雨快來快去，山頭上光再度出現陽光，又再充滿溫暖及希望。回望剛才風雨交加的地方，竟然無風雨又無晴天，怎會？這一刻，他看透了大自然跟人生的變化，明白雨過自會天晴，人生也是一樣，順境與逆境都不過是尋常事，榮辱得失，何足掛齒？

1　讀音：so1（梳）

📑 寫作特色

東坡兄藉一場驟雨，抒發樂觀豁達的人生觀。「風雨」比喻人生逆境，他認為無論是風吹雨打還是陽光普照，總會過去，反映他面對挫折時寵辱皆忘、泰然自若的態度。當然，作者只是比喻，如果真的打起颱風來，同學們就千萬不要行山了，顧己及人。

蘇軾用字瀟灑豪邁。「何妨吟嘯且徐行」呼應「同行皆狼狽，余獨不覺」的特立獨行、我行我素；再引出「誰怕」一句，直接表達「我東坡有甚麼風浪沒見過」的氣概，凸顯他超然物外的人生觀。

📑 生活應用

所謂「天有不測風雲」，遇到難關，我建議同學可以學習東坡面對風雨時的瀟灑，以廣闊的心胸去面對困境，心要定，深信逆境總會過去。然而，順境時亦不要得意忘形，因為逆境隨時會再次出現；逆境時不要失意忘形，因為順境很快又會來。當然，瀟灑不代表懶理世事，而是指作最好的準備，將得失置之度外，凡事盡力而為。

秦觀　鵲橋仙・纖雲弄巧

撰文：蒲葦

掃碼看視頻

原文

纖雲弄巧，飛星傳恨，銀漢迢迢[1]暗度。金風玉露一相逢，便勝卻人間無數。

柔情似水，佳期如夢，忍顧鵲橋歸路！兩情若是久長時，又豈在朝朝暮暮！

內容大意

原來以浪漫著稱的「兩情若是久長時，又豈在朝朝暮暮」，是來自秦觀的〈鵲橋仙〉。

詞人藉牛郎織女的神話故事，表達他對愛情的睇法。農曆七月七日，是牛郎織女相會之夜。如此良夜，雲層輕盈，眾星閃爍，詞人仰望星空，甚具意境。牽牛星跟織女星一年才能見一次，不禁令人傷感。

一年一會，多數文學作品自然感歎聚少離多，但婉約派才子秦觀就別出心裁，轉換觀點與角度，指出只要二人感情真摯，心意相通，又何須朝夕共處，日夜相見呢？

寫作特色

這首詞結構分明，轉折自然。上片藉描寫一個畫面，表達相聚之欣喜；下片由景及情，帶出離別之無奈，最後以議論作結，對比鮮明，一氣呵成。

詩人「以議論入詩」，但不會令人感覺生硬，因為才子點到即止，達到「言有盡而意無窮」的效果，看上去像是純粹個人觀點，實則留下很多讓人咀嚼的餘味，可圈可點。「久長」對比「朝暮」，如果兩情相悅，對對方有信心，的確無須急於一時。

生活應用

同學們，讓我分享一個小故事。我有位朋友，在他談戀愛之後，只顧與愛人卿卿

1　讀音：tiu4〔條〕

我我，朝朝暮暮，好像世界只有他們二人一樣。我以為他非常享受這種甜蜜生活，誰知有次傾談之下，才得知他滿懷心事，原來他想平衡生活上的時間分配，正在煩惱如何向另一半作出暗示。於是，我建議他推介愛人讀這首〈鵲橋仙〉，大家來估一下結果是甚麼？

　　結果竟然是，愛人不僅沒有責備他，反而讚他有內涵，以這首詞來表達二人不必日夕相對，大家應該各有空間的道理，最後，還跟他好好商量及分配見面的時間。我經常說，千萬不要輕視文學作品的影響力啊！

李清照 聲聲慢·秋情

撰文：蒲葦、陳翠玲

掃碼看視頻

📄 原文

尋尋覓覓，冷冷清清，悽悽慘慘戚戚。乍煖還寒時候，最難將息。三杯兩盞淡酒，怎敵他晚來風急！雁過也，正傷心，卻是舊時相識。

滿地黃花堆積。憔悴損，如今有誰堪摘？守着窗兒，獨自怎生得黑？梧桐更兼細雨，到黃昏、點點滴滴。這次第，怎一箇愁字了得！

📄 內容大意

李清照晚年寓居臨安，經歷國破家亡，此詞主要抒述她對亡夫趙明誠的懷念和自己孤單淒涼的景況。作者愈想入眠就愈難入眠，只好披衣起床，喝一點酒暖暖身子。可是獨自一人只會覺得分外淒涼，就好像現代愛情劇一樣，對方不在自己身邊，思念的愁緒就久久未能散去。詩人身體自然也很虛弱，深感秋天愁苦難熬。

此時大雁飛過，是不是來傳遞音信？大雁從北方故鄉飛來，又是舊時相識，總該帶來家鄉的消息吧？可惜大雁只掠空而過。

眼前的菊花，原來也像自己一樣憔悴不堪，散落一地，無人理會。面對如此陰沉的天氣，要怎樣才能熬到黃昏呢？

好不容易等到了黃昏，卻又下起雨來，令人倍添愁緒。「這次第，怎一箇愁字了得！」詞尾以一個「愁」字傾訴人生的悲苦淒涼。

📄 寫作特色

這首詞起首連用七組疊字，完整地交代感情上的變化。

「尋尋覓覓」寫空虛落寞之情，「冷冷清清」寫尋覓無着的徹骨清冷，難耐的寂寞在心中反覆強化，終於變為直抒胸臆的「悽悽慘慘戚戚」。詞人的寂寞由內而外，由弱到強，沉痛無比。

　　然後，作者借花喻人，「憔悴損」三字既指花由盛轉衰，亦指人的憔悴。此時的李清照已經人到中年（甚至是老年），飽經離亂，身心俱疲，像極了憔悴傷損的黃花。她認為自己就像地上的黃花，無人憐惜，最後，孤女、黃昏、殘菊、細雨，構成一幅落寞之景。如果要用一個字去概括，那一定是一個「愁」字了。

📋 生活應用

　　各位同學，相信你都有不開心，或者很煩惱的時候，你會怎樣形容那一刻的心情呢？特別是女同學，不知你又會不會好怕看到自己「憔悴」的樣貌而努力保持你的美貌呢？年年十八歲，現實中卻是不可能的，生老病死本是平常，我們不應該懼怕老去，反而是應該思考讓慢慢年老的一生，活出意義。

李清照　醉花陰・薄霧濃雲愁永晝

撰文：蒲葦、陳翠玲

掃碼看視頻

📄 原文

薄霧濃雲愁永晝，瑞腦銷金獸。佳節又重陽，玉枕紗廚，半夜涼初透。

東籬把酒黃昏後，有暗香盈袖。莫道不銷魂，簾捲西風，人比黃花瘦。

📄 內容大意

跟〈聲聲慢・秋情〉一樣，李清照這首詞寫於婚後，抒發重陽佳節思念丈夫趙明誠的心情。

有一日，由早到晚，天空都佈滿「薄霧濃雲」，陰沉沉的天氣最令人愁悶難耐。這一天還要是重陽節，天氣驟涼，睡到半夜，涼意透入枕上，寥寥幾句，就將一個閨中少婦的愁緒具體地描摹出來。

重陽節理應與親友團聚，登高，飲菊花酒。可惜，佳節良辰，丈夫卻不在身邊，「半夜涼初透」，除了指出時令轉涼，還暗寫他無法排遣對丈夫的思念，更無飲酒賞菊的雅興。

晚來風急，蕭瑟的西風將簾子掀起了，人亦感到一陣寒意。最後以「人比黃花瘦」作結，使人聯想到一個畫面：重陽佳節，佳人獨對西風中的瘦菊。

📄 寫作特色

全首詞都無一個「思」字，但字字句句無不滲透思念之情。作者表達的感情深沉細膩，她不直接道出自己對丈夫的思念，反而是含蓄巧妙地藉助漫長的白日、黃昏、半夜等時間的推移，通過一個真實女子的日常生活，來表現心中的空虛，抒發那種才下眉頭，卻上心頭的思夫之情。

詞最後以「人比黃花瘦」作結，可謂具體形象，匠心獨運。以花木之「瘦」，比喻人之瘦，我見猶憐，個人與眼前之物合而為一，真不知是觸景生情，還是融情入景了。

生活應用

記得我曾經在作文堂上問過同學，每個人都有寂寞的時候，你會怎樣呈現出那種感覺？有同學答「打電玩」，這就太生活化了，不算是文學表達。有同學則説，「寂寞」就好比一張在公園無人坐的長椅。我讚這位同學很有做詩人的潛質。

接着同學反問我會如何表達寂寞，我説，就是當你想找人傾訴時，看着電話簿，由第一數到第幾百、幾千個人時，卻是沒人可找。一眾同學立即搶説：「老師打給我！」大家就於課堂上笑作一團。你又會如何形容寂寞呢？

李清照　一剪梅·紅藕香殘玉簟秋

撰文：蒲葦

掃碼看視頻

📖 原文

紅藕香殘玉簟[1]秋。輕解羅裳，獨上蘭舟。雲中誰寄錦書來？雁字回時，月滿西樓。

花自飄零水自流。一種相思，兩處閑愁。此情無計可消除，才下眉頭，卻上心頭。

📖 內容大意

　　李清照的詞可以宋室南渡分為前後兩期，前期多寫閨情，風格清新明快；後期經歷國破、家亡，詞風亦轉為淒苦悲涼，令人歎息。

　　〈一剪梅〉寫思念之情，寫他對丈夫趙明誠的思念。愁字拆開，秋心也。秋天來到了，花的香氣遂漸減弱，竹蓆上已能感受寒意。一個「獨」字，倍覺淒冷。

　　詞人於詞中抒發，明誠，何時才能收到你的信？即使收到，仍然未能相見。此時，「月滿西樓」，月色無邊，我的思念亦無窮無盡。幸好，我知你一定亦在掛念我，分享着同一份思念。這樣雖然稍為安慰，但思念仍然「卻上心頭」。愈不想思念，愈是想念。

📖 寫作特色

　　這首詞寫得非常細緻，結構上先寫景，後抒情，配合得宜。紅藕香殘，寫室外景物；玉簟秋，寫室內之物，短短七字，令室外、室內都籠罩秋意，盡顯作者的細膩。從描寫角度欣賞，更包括視覺、嗅覺與觸覺，字字有深意，難怪李清照被稱作才女。

　　「花自飄零」呼應「紅藕香殘」，同時借花喻人。「零」，是落的意思，花開花落，無人理會。才女幾經掙扎，仍然無法擺脫思夫之情。「才下眉頭」，是指外貌方面強自排遣，卻上心頭，內心卻又不由自主。這樣形容思念，活靈活現。

1　讀音：tim5〔恬〕

生活應用

　　太想念一個人，才下眉頭，卻上心頭，弄至茶飯不思，無心工作，這樣對生活的干擾實在太多了，各位同學，有時文學追求一個意境，現實要學懂抽離。不如將思念轉化成動力，去追求事業或學業、服務社會、當義工等，不要白白浪費時間。千萬不要為情所困，要努力走出困局，才能發現人生中亦有很多其他美麗的風景！

岳飛　滿江紅・怒髮衝冠

撰文：蒲葦、吳曉鋒

掃碼看視頻

原文

怒髮衝冠，憑闌處、瀟瀟雨歇。抬望眼、仰天長嘯[1]，壯懷激烈。三十功名塵與土，八千里路雲和月。莫等閒、白了少年頭，空悲切。

靖康恥，猶未雪；臣子恨，何時滅！駕長車、踏破賀蘭山缺。壯志飢餐胡虜肉，笑談渴飲匈奴血。待從頭、收拾舊山河，朝天闕。

內容大意

古語有云：「撼山易，撼岳家軍難。」看了這首詞，就會明白原因。岳飛是宋代名將，大約三十二歲時，寫了這首詞。

當時抗金形勢開始有起色，有望收復失地。一心精忠報國的岳飛，有一日登高遠望山河，想起國難，憤怒至怒髮衝冠。之後風雨停了，他忍不住向壯麗山河大叫去抒發心中的熊熊烈火，詞中有聲有畫，令人動容。他戰功彪炳但為人謙虛，他道多年來功名算不上甚麼，還鞭策自己要抓緊時間建功立業，否則老了會後悔莫及。

靖康年間，國家被攻破，徽宗、欽宗兩個皇帝被擄走，這個奇恥大辱又如何能夠忘記？他下定決心駕長車去殲滅金人，又恨不得飲敵人的鮮血，以表達其忿恨之情。當時的他又怎會想到七年後，他會被奸臣秦檜以「莫須有」的罪名陷害至死，下場令人惋惜。

寫作特色

這首詞氣勢磅礴，詞人運用大量短句，例如「靖康恥，猶未雪；臣子恨，何時滅」、「駕長車」與「待從頭」等三字句，句式短促，音調鏗鏘，表達一腔民族義憤。

1　讀音：siu3〔笑〕

　　詞人運用觸景生情的手法。「憑闌處、瀟瀟雨歇」一句以景寓情，倚欄遠眺，雨後景物更清新，眼前雖是美好河山卻要面對國仇家恨，慷慨激昂一發不可收拾，藉此抒發滿腔熱血的愛國情懷。

📑　生活應用

　　各位同學，生活中總會遇到很多令人氣憤難平的沮喪事，這個時候，我們可以學習岳飛，抱怨完、發洩完後，就將悲憤化為強勁力量，轉化成自我鼓勵的動力，愈是不甘心，就愈要努力裝備自己，先將殘局收拾好，再加大能量，闖一番事業。

辛棄疾　水龍吟‧登建康賞心亭

撰文：蒲葦

掃碼看視頻

原文

楚天千里清秋，水隨天去秋無際。遙岑遠目，獻愁供恨，玉簪螺[1]髻。落日樓頭，斷鴻聲裏，江南游子。把吳鈎看了，欄干拍徧，無人會，登臨意。

休說鱸魚堪鱠，儘西風，季鷹歸未？求田問舍，怕應羞見，劉郎才氣。可惜流年，憂愁風雨，樹猶如此。倩何人喚取，紅巾翠袖，搵[2]英雄淚！

內容大意

常言道，男兒有淚不輕彈，我認為，只因未到傷心處。各位讀了辛棄疾這首詞，應該就能感受一二。

建康是著名古都，即南京，是六朝（東吳、東晉、宋、齊、梁、陳）京城，有很多悲悽的歷史故事。某個秋日，辛棄疾登上建康賞心亭，滿懷心事，相當鬱悶。辛棄疾不滿南宋偏安江南，自嘲「江南遊子」。他一心寄望恢復北方領土，幹一番事業，無奈又不獲重用。

詞的起首總寫眼前之景，天高海闊，水天相接，最適宜欣賞山水。接着由寫景到寫人，自己好像離群的雁般在落日中孤鳴，即使雄心壯志，亦只能徒然地望一眼「吳鈎」這種兵器，卻得物無所用。時光轉眼飛逝，人亦漸漸蒼老，好夢難成，不禁流下英雄淚。

寫作特色

詞上片以寫景為主，下片則表達志向。詞人含蓄地融合了三個典故：分別是「季鷹歸未」、「求田問舍」，以及「樹猶如此」。暗示自己回鄉無望，但他堅決不會像其他

1　讀音：lo4〔羅〕
2　讀音：wan3〔混〕

人一樣，只求置業安居。

生活應用

　　這首詞的用典，令人印象深刻。據《世說新語》記載，張季鷹本來在洛陽做官，秋天西風起之時，他想起家鄉名菜鱸魚膾，竟然想立即辭官回鄉。現代社會的求田問舍，只算供樓亦需供款三十多年，不能隨意辭職，恐怕亦難以效法張季鷹了。如果思鄉，就到酒樓吃一碟家鄉小炒，一解鄉愁吧。

辛棄疾　青玉案·元夕

撰文：蒲葦

掃碼看視頻

📑 原文

東風夜放花千樹，更吹落、星如雨。寶馬雕車香滿路。鳳簫聲動，玉壺光轉，一夜魚龍舞。

蛾兒雪柳黃金縷，笑語盈盈暗香去。眾裏尋他千百度；驀然回首，那人卻在、燈火闌珊處。

📑 內容大意

美學大師王國維將人生分成三個境界，最高及最後的境界是「眾裏尋他千百度；驀然回首，那人卻在、燈火闌珊處」。他引用的，就是辛棄疾這首詞。辛棄疾是豪放詞派代表，與蘇東坡並稱「蘇辛」，這首是他難得的柔情之作。

詞的副題「元夕」，亦即「元宵節」，農曆正月十五。試想像一下這個畫面：滿街燈火如雨，遊人車水馬龍，衣香鬢影，身處其中的辛棄疾，「眾裏尋他千百度」，到底在尋覓甚麼？有人說是一見鍾情的心儀對象；有人說是象徵眾人皆醉我獨醒的人生理想；更有人說是藉此抒發對南宋君臣不思進取，只顧玩樂的痛恨，以上所有其實都能解通。

同學們這個年紀，追尋的可能是情人、學業；而我這個年紀，應該是親人、事業或理想。

📑 寫作特色

這首詞最高的技巧，是運用對比映襯。詞的上片寫元宵佳節極盡繁華熱鬧，正正可以襯托下片反覆尋覓，終於在燈火微弱的地方，找到清高脫俗，不會隨波逐流的意中人。上片描寫的婦女濃姿豔抹，但自己心儀的對象則不落俗套，令人物的襯托更為形象化。

🗐 生活應用

　　各位同學，你們有沒有試過希望遇上一個人，或者想找一樣物件，但尋尋覓覓，花了很多心機亦沒結果？不要緊，千萬不要過於失落。「踏破鐵鞋無覓處，得來全不費工夫」，當你筋疲力盡，正想放棄之際，想找的人、盼望得到的東西，又會突然出現在你面前，令你感動至淚眼汪汪。無論如何，只有抱持希望，就一定不會絕望。

（金）元好問　摸魚兒‧問世間情是何物

撰文：蒲葦、吳曉鋒

掃碼看視頻

📖　原文

乙丑歲赴試并[1]州，道逢捕雁者云，今旦獲一雁，殺之矣。其脫網者悲鳴不能去，竟自投於地而死。予因買得之，葬之汾[2]水之上，累石為識[3]，號曰「雁丘」。時同行者多為賦詩，予亦有雁丘辭，舊所作無宮商，今改定之。

問世間，情是何物？直教[4]生死相許。天南地北雙飛客，老翅幾回寒暑。歡樂趣，離別苦，就中更有癡兒女。君應有語，渺萬里層雲，千山暮雪，隻影向誰去？

橫汾路，寂寞當年簫鼓，荒煙依舊平楚。招魂楚些[5]何嗟及，山鬼暗啼風雨。天也妒，未信與，鶯兒燕子俱黃土。千秋萬古，為留待騷人，狂歌痛飲，來訪雁丘處。

📖　內容大意

金庸小說中的李莫愁、楊過都曾問過「情是何物」，其實都有元好問這首詞的影子。

有一日，元好問跟朋友去參加考試，途中遇到捕雁人，原來他剛剛捕殺了一隻雁，雁的愛侶一直悲鳴，最後還撞地殉情。當年還是十六歲的作者還年輕，那一刻他被愛情的力量所感動，向捕雁人買下雙雁，在河邊起了個墳墓安葬牠們。

他問蒼天、問世人：愛情究竟是甚麼？為甚麼可以令愛侶生死相依？這個世紀難題，自古以來困惑眾生。惆悵之間，他想起雙雁天南地北，比翼雙飛，經歷冬寒夏暑依舊同甘共苦的唯美畫面，感慨牠們比人間兒女更為癡情。

元好問回想起來，目前身處的汾水一帶正是漢武帝當年巡遊之地，昔日熱鬧，如

1　讀音：bing1〔冰〕
2　讀音：fan4〔墳〕
3　讀音：zi3〔志〕
4　讀音：gaau1〔交〕
5　讀音：so3〔疏〕

今杳無人煙，明白世間沒有永恆不變之事，唯有感情。雁的深情令山神鬼怪都痛哭，連上天亦妒忌。他深信雁侶的故事會流芳萬世，日後一定有很多詩人來到墳地，跟他一樣歌頌愛情的偉大。

寫作特色

詞人運用反襯手法。下片「橫汾路，寂寞當年簫鼓，荒煙依舊平楚」寫古與今，盛與衰，喧囂與冷落，形成鮮明對比，以盛況轉眼煙消雲散，說出世事多變，反襯真情不朽。

生活應用

各位同學，讀完此詞之後，你覺得情是何物？相信大家應該跟作者一樣，對美好的愛情多了份嚮往。愛情的確帶來甜蜜與幸福，但同時，愛情亦可能是人生的一個關口。兩個人相處，即使是朋友亦有磨擦，更何況是沐浴於愛河的戀人？

若一段關係不顧現實，一味只想愛得轟烈，未必能夠長久。能夠做到細水長流，才見真章。最重要是互相了解、包容，希望對方好。然而，人生亦有其他感情值得我們珍惜及維繫，例如是親情、友情、師生情等，當中一樣充滿愛。

（南唐）李煜　相見歡‧無言獨上西樓

撰文：蒲葦

掃碼看視頻

原文

無言獨上西樓，月如鉤。寂寞梧桐深院鎖清秋。

剪不斷，理還亂，是離愁。別是一般滋味在心頭。

內容大意

說到離愁別緒，以下這句算是家喻戶曉，就是：「剪不斷，理還亂，是離愁。別是一般滋味在心頭。」

這首詞的詞牌是「相見歡」，但詞牌跟內容並無關係。有人認為是李煜亡國後的作品，歷史上很難深究，在此我們就理解為作者極力希望表現出一種愁懷。在一個清冷的深秋晚上，月亮並不圓滿，暗示人生充滿遺憾。詞人獨自登上西邊的高樓，他不是看不開，反而是希望看得更闊更遠。

他有所感有所思，苦在無人傾訴。他見到院子裏的梧桐，倍覺凄清，情緒好像被整個深秋鎖住了一樣。詞人於上片通過所見所思所感，將寂寞的感覺具體地呈現出來。

下片就直抒胸臆，指出愁懷難以說得清楚。難以形容，別有一番滋味，變得耐人尋味。「如人飲水，冷暖自知」，自己心中的愁，恐怕只有自己才明白，甚至連自己都未必能完全理解，「剪不斷，理還亂」。

寫作特色

詞人善於經營意境，好似上片的「無言」、「獨」、「寂寞」與「深院」、「梧桐」、「月如鉤」配合得當。令愁緒得以深化，形成一個氛圍。

他又善用比喻，將抽象的愁緒形象化。例如「剪不斷，理還亂」，是將愁緒比喻為麻絲，愁思就像一團紛亂的麻絲般糾纏在一起，即使用最鋒利的剪刀，亦無法剪斷，只會愈理愈亂。

生活應用

在詩詞的創作中，梧桐樹跟秋天是好拍檔，經常被一起用作表達落寞的意象。梧桐樹是落葉植物，秋天一到，葉片紛紛墜落，給人蕭瑟淒涼之感。例如李清照寫的「梧桐更兼細雨」，就是愁景襯愁情。

梧桐有時亦會用來象徵堅貞不渝的愛情或高潔品格，難怪深受詩人墨客鍾愛，用以作為象徵。各位同學，寫作時不妨考慮運用植物作為意象，深化情感，就像鳳凰木、榕樹等，提高作品層次。

柳永　雨霖鈴・寒蟬悽切

撰文：蒲葦

原文

　　寒蟬悽切，對長亭晚，驟雨初歇。都門帳飲無緒，留戀處、蘭舟催發。執手相看淚眼，竟無語凝噎。念去去、千里煙波，暮靄沉沉楚天闊。

　　多情自古傷離別，更那堪、冷落清秋節。今宵酒醒何處？楊柳岸、曉風殘月。此去經年，應是良辰好景虛設。便縱有千種風情，更與何人說？

內容大意

　　這首詞於情人話別之詞中，堪稱經典，是柳永的代表作。全詞情景交融，半分淒美，半分浪漫。

　　傍晚，一場驟雨過後，有點寒意，蟬聲叫得特別悽切。任我如何留戀，還是無法不離別！天色已晚，船上的人正催着出發。我們緊牽着彼此的手，見到對方滿眼是淚，千言萬語，如哽在喉。此行千里迢迢，想南方的天空定是一望無邊，夜霧沉沉。

　　自古以來，離別最令人傷感，還要在這蕭瑟的秋季，即如今夜酒醒，我該身在何處？恐怕是在楊柳岸邊，但卻只有早晨淒冷的風和殘月為伴。此別不短，沒有你在身邊的日子，即使遇到最好的風景，也如同虛設。縱是一片深情，我又可跟誰訴說？

寫作特色

　　此詞善於營造氣氛，襯托離別之情。寒蟬悽鳴，時當秋天，初點別意。驟雨初停，暮色陰沉，雨隨時再下，暗寓考驗處處。餞別時的美酒佳餚，只屬陪襯，暗示主角的惆悵已蓋過一切。

　　「蘭舟催發」，別人都急着要走，反襯詞人的再三留戀。沒你的日子，人月亦殘。詞人以殘月象徵失去對方的遺憾。整個場景佈置，無論眼前或聯想，都非常細緻。

📑 **生活應用**

　　各位同學，其實以這首詞來描寫知己友誼，亦很貼切。例如，作文之時，可以如何表達跟朋友之間的感情？我們可以嘗試以詩情畫意的描述，凸顯對方的重要，例如對很久不見的朋友引用一句以作贈言：「便縱有千種風情，更與何人說？」相信對方聽了後，一定感到非常窩心。

歐陽修　生查子・元夕

撰文：蒲葦

掃碼看視頻

原文

去年元夜時，花市燈如畫。月上柳梢頭，人約黃昏後。

今年元夜時，月與燈依舊。不見去年人，淚濕春衫袖。

內容大意

　　古時的約會，是「月上柳梢頭，人約黃昏後」。誰人這麼浪漫？想不到是出自〈醉翁亭記〉的醉翁歐陽修之手！

　　元夜，亦即元宵節，亦稱上元節，日子是農曆正月十五。作者藉這首詞將去年跟今年對比，甚具人面桃花、物是人非之感。

　　作者先對去年的元宵緬懷一番。花燈如畫，一片熱鬧，如此燦爛，只因為與你有約。誰知，一年過去，同是元夜，同一地點，同樣燈月，卻不見你了，令人唏噓，悲傷到流下眼淚沾濕了衣衫。讀者自然好奇，詩中的二人為甚麼不再見面？可能只是作者多情，詩中的對象是虛構出來的，以抒哀愁。

寫作特色

　　這首詞節奏明快，對比鮮明，與我們讀過的崔護〈題都城南莊〉中的一句：「人面不知何處去，桃花依舊笑春風」，各有千秋；歐陽修情感更濃，更直白。

　　整首詞結構簡潔，以月跟燈作扣連，製造今昔對比。時、地一樣，前後兩年，人跟心境都改變了。元宵之夜的月，當然是圓的，但人事就難圓滿了。月圓映襯人事的遺憾，難怪作者望向月亮，會唏噓至淚流。

生活應用

　　你知道情人節是幾月幾日嗎？很多人都會答是二月十四日。在這西方情人節裏，

我們會聯想到送花，送巧克力，為對方製造驚喜，甚或求婚等。

其實除了西方，我們亦有中國情人節，亦即農曆正月十五，就是詩中提到的元宵節了。大家不妨於那天相約情人，或是親朋好友，一同觀賞花燈，吃一碗湯丸，互相祝福，享受團圓幸福。

文天祥　過零丁洋

撰文：蒲葦、吳曉鋒

掃碼看視頻

原文

辛苦遭逢起一經，干戈寥落四周星。

山河破碎風飄絮，身世浮沉雨打萍。

惶恐灘頭說惶恐，零丁洋裏歎零丁。

人生自古誰無死，留取丹心照汗青。

內容大意

　　文天祥是南宋名臣、一代民族英雄。他二十歲中狀元，官至丞相。南宋局勢動盪，他率兵抵禦，元軍多方誘降，但他寧死不屈，這首詩反映他視死如歸的氣概。

　　他的金句：「人生自古誰無死，留取丹心照汗青」，一直感動人心。

　　句子出自他的名作〈過零丁洋〉，當時他被元軍俘虜了，船過零丁洋之際，元軍正打算進攻宋帝昺最後的據點崖山，元軍統帥叫張弘範，他要求文天祥寫信勸宋軍投降，文天祥當然不從，就寫了這首詩表明志向，回憶一生，無限感慨。連張弘範讀完亦非常感動，不自禁大讚：「好人，好詩！」

　　文天祥首先回望過去，由二十歲考中狀元開始，命運就好像跟國家的興亡有着緊密的連繫。他眼見大宋江山就快不保，想起戰事曾經慘敗，如今又海上漂泊，風急浪高，國家的未來將會怎樣？英雄亦有惶恐的時候，但他心中的雄火從未熄滅，最後慷慨疾呼：自古以來，人不免一死，只求為國盡忠，在史冊留一顆赤誠之心，照耀世界，他的一生就無憾了。他大義凜然，值得我們敬仰。

寫作特色

　　這首七律用了不少貼切比喻。例如「山河破碎風飄絮」一句，以風中飄絮比喻破

碎山河;「身世沉浮雨打萍」以雨下浮萍,比喻動盪不安、孤苦無依的人生;末句的「丹心」指赤紅熾熱的心,比喻對國家忠貞不二,形象鮮明,蕩氣迴腸。

生活應用

　　所謂「死有輕於鴻毛,有重於泰山」,民族英雄捨己忘私,顧存大義。我認為正好側面提醒我們,生命可貴,我們要善用人生,積極應對。

第九章

元明清散文

劉基　賣柑者言

撰文：蒲葦

掃碼看視頻

📖 原文

　　杭有賣果者，善藏柑，涉寒暑不潰；出之燁[1]然，玉質而金色。置於市，賈[2]十倍，人爭鬻之。予貿得其一，剖之如有煙撲口鼻，視其中，則乾若敗絮。

　　予怪而問之曰：「若所市於人者，將以實籩豆、奉祭祀、供賓客乎？將衒[3]外以惑愚瞽乎？甚矣哉，為欺也！」

　　賣者笑曰：「吾業是有年矣。吾賴是以食[4]吾軀。吾售之，人取之，未聞有言，而獨不足於子乎？世之為欺者，不寡矣，而獨我也乎？吾子未之思也。今夫佩虎符、坐皋比[5]者，洸洸乎干城之具也，果能授孫吳之略耶？峨大冠、拖長紳者，昂昂乎廟[6]堂之器也，果能建伊皋之業耶？盜起而不知御，民困而不知救，吏奸而不知禁，法斁[7]而不知理，坐糜[8]廩[9]粟而不知恥；觀其坐高堂，騎大馬，醉醇醴而飫[10]肥鮮者，孰不巍巍乎可畏，赫赫乎可象也？又何往而不金玉其外，敗絮其中也哉！今子是之不察，而以察吾柑！」

　　予默然無以應。退而思其言，類東方生滑[11]稽之流。豈其忿世嫉邪者耶？而託於柑以諷耶？

1　讀音：jip6〔頁〕
2　讀音：gaa3〔價〕
3　讀音：jyun6〔玄〕
4　讀音：zi6〔飼〕
5　讀音：pei4〔皮〕
6　讀音：miu6〔妙〕
7　讀音：dou3〔到〕
8　讀音：mei4〔微〕
9　讀音：lam5〔凜〕
10　讀音：jyu3〔於〕
11　讀音：gwat1〔骨〕

📑　內容大意

　　當你買幾個橙回家，切開後發現裏面早已爛掉，才知道受騙。這篇文稍有不同，爛掉的橙換成了爛掉的柑，但主旨都是圍繞一個「欺」字。柑徒具鮮美外表，價錢十倍於平常，明顯是欺人。

　　作者藉此引起議論，藉柑喻人，揭示了當時官吏貪污、民不聊生的醜惡現實，諷刺那些冠冕堂皇的達官貴人，欺世盜名，外表光鮮，內裏敗壞，「金玉其外，敗絮其中」，批評元末統治者的腐敗無能。

　　更加諷刺的是，賣柑者竟以欺為常態作辯解，指出文武百官，皆欺世盜名，何況是賣柑的百姓？因此不應視為欺詐。難怪劉基這篇文章如此憤憤不平。

📑　寫作特色

　　這篇是寓言，作者巧妙地以虛擬答問的方式開展討論，藉賣柑者賣柑的一件小事講出深刻的道理，以小見大，又能添加生活氣息，並通過比喻、象徵等文學手法輔助，給人留下深刻的印象。

　　全文以「柑」為喻，話中有話，對比鮮明。例如第一段寫柑之「內涵」同「外表」的對比，再引出文臣武將的外表與實際能力的對比。由物及人，層層類比，令抽象的道理變得更具體。

　　文中善用排比句，結構句式相同，藉以加強氣勢，例如「盜起而不知御，民困而不知救，吏奸而不知禁，法斁而不知理，坐糜廩粟而不知恥」等，一氣呵成，詞鋒銳利。

📑　生活應用

　　這篇文寓意深刻，令我們反思做人亦應該名實相副，真材實料。有一個我們常用的成語叫做「尸位素餐」，意思是霸佔位置，但不做實事。舉個例子，學校有很多課外活動職位，例如學會主席、文書、委員等，一到學期初，所有同學都雄心壯志，貪多務得，但之後只是掛名而已，開會缺席，實際需要工作時更不見人，跟文中的柑其實分別不大。背負着銜頭，必須付出心力，要不然只是自欺欺人，又何苦呢？

張岱　湖心亭看雪

撰文：蒲葦、吳曉鋒

掃碼看視頻

原文

崇禎五年十二月，余住西湖。大雪三日，湖中人鳥聲俱絕。

是日更定矣，余拏一小舟，擁毳[1]衣爐火，獨往湖心亭看雪。霧凇[2]沆[3]碭[4]，天與雲與山與水，上下一白。湖上影子，惟長堤一痕、湖心亭一點、與余舟一芥，舟中人兩三粒而已。

到亭上，有兩人鋪氈對坐，一童子燒酒，爐正沸。見余大喜，曰：「湖中焉得更有此人！」拉余同飲。余強飲三大白而別。問其姓氏，是金陵人，客此。

及下船，舟子喃喃曰：「莫說相公痴，更有痴似相公者！」

內容大意

知音偶遇，是人生一大樂事。所謂「相逢何必曾相識，在這一息間相遇有情人，也許不必知道我是誰……」但是同學們，〈湖心亭看雪〉好像不是講述愛情的，那麼是寫友情的嗎？

讓我們一同回去明代的西湖。此時，西湖已落了三日大雪，天寒地凍，正常人都只想窩於被竇裏，大概只有張岱有此雅興，來到西湖的湖心亭觀賞雪景，享受一個人的浪漫。夜闌人靜，他披着毛衣，手提一盞爐火，坐上小舟就出發。雪花彌漫之下，湖上萬籟無聲，難免有點寂寞及冷清。

這個時候他驚喜地發現，天下愛雪者，原來不獨他一人。他發現有兩個旅居西湖的遊人，鋪了氈席地而坐，旁邊有名童子正在煮酒。兩位遊人也實在驚喜，竟有人跟

1　讀音：ceoi3〔吹〕
2　讀音：sung1〔鬆〕
3　讀音：hong6〔巷〕
4　讀音：dong6〔蕩〕

他們一樣有同等雅興，於是拉了作者這位難得的同好一塊喝酒。

冰天雪地，喝口熱酒暖暖身，果然舒暢。告別時，張岱下船之際，聽見船夫笑他們堅持觀雪的痴迷：「以為你傻而已，想不到有人跟你一樣傻。」這個傻字，並無貶意，是指他不隨流俗的閑情雅趣。

寫作特色

張岱當然不是傻，大家可以嘗試理解他的心態。他於明亡之後追憶往事，開首的「崇禎五年」，用了明代年號而非清代，表達思念故國的深沉之情，心情不好外出散心，竟然都讓他遇上知音人，對他來說當然是一大樂事。

這篇文不到兩百字，但包含了人物、對話，又兼融敘事、寫景、抒情，意境如詩如畫。作者運用白描法，文筆簡練。描寫西湖雪景時，「天與雲與山與水，上下一白」，寫出舉目皆白，境界空靈；又用「一痕」、「一點」、「一芥」、「兩三粒」等數量詞去勾勒景物輪廓，比喻富於形象，展現出西湖廣闊的奇觀。

生活應用

各位同學，人生中會遇上無數的人，無論對方逗留的時間是長或短，是重要的人也好，過客亦罷，我們都要珍惜有緣人。即使是萍水相逢，亦可多欣賞別人優點，一定可以在對方身上學習及進步。一路走來，不要覺得無人理解自己，「莫愁天下無知己」，說不定能好像張岱一樣，意想不到地遇見志趣相投的知己呢！

顧炎武　廉恥

撰文：蒲葦

掃碼看視頻

📑 原文

　　《五代史‧馮道傳》論曰：「禮義廉恥，國之四維；四維不張，國乃滅亡。善乎管生之能言也。禮義，治人之大法，廉恥，立人之大節。蓋不廉則無所不取，不恥則無所不為，人而如此，則禍敗亂亡亦無所不至。況為大臣，而無所不取，無所不為，則天下其有不亂，國家其有不亡者乎！」

　　然而四者之中，恥尤為要。故夫子之論士曰：「行己有恥。」孟子曰：「人不可以無恥，無恥之恥，無恥矣！」又曰：「恥之於人大矣！為機變之巧者，無所用恥焉！」所以然者，人之不廉，而至於悖[1]禮犯義，其原皆生於無恥也。故士大夫之無恥，是謂國恥。

　　吾觀三代以下，世衰道微，棄禮義，捐廉恥，非一朝一夕之故。然而松柏後彫於歲寒，雞鳴不已於風雨，彼昏之日，固未嘗無獨醒之人也。頃讀《顏氏家訓》，有云：「齊朝一士夫，嘗謂吾曰：『我有一兒，年已十七，頗曉書疏，教其鮮卑語及彈琵琶，稍欲通解，以此伏事公卿，無不寵愛。』吾時俯而不答。異哉此人之教子也！若由此業自致卿相，亦不願汝曹為之！」嗟乎！之推不得已而仕於亂世，猶為此言，尚有《小宛》詩人之意，彼閹然媚於世者，能無媿哉！

📑 內容大意

　　我小學母校的校訓是「禮、義、廉、恥」。當年老師問我們認為哪一樣美德最重要，如果那時已讀過這篇〈廉恥〉，一定會懂得回答，最重要的，是「恥」。

　　禮義廉恥，是治國的四個綱領，當中又羞恥之心為最重要。為官者、讀書人如果無羞恥之心，就會為求目的，不擇手段，最終敗壞風氣，有損綱紀。

1　讀音：bui3（背）

🗒 寫作特色

顧先生這篇文，充滿正氣。首先他運用的是正反論證法，詞意滔滔。他指出仍有獨醒之人，又引孔子所説，松柏在歲寒時，是最後才凋零的，以為正面論證，末段引《顏氏家訓》中一個反面事例，論證不知恥者，即使做大官也只是媚於世。兩相對照，論點更為全面。

文章善加引用，以加強説服力。例如「雞鳴不已於風雨」，出自《詩經》比喻君子即使身處亂世，仍能保持操守，不忘初心。

🗒 生活應用

正面來説，羞恥心可約束自己的行為。反過來説，人如無羞恥心，很容易投機取巧。特別是身處亂世，保持廉潔、清醒尤其重要。孔夫子説過，松柏會在天寒之後才凋謝，這是時代對人性的考驗。

世界會慢慢變壞還是變好，顧老師説，憑着我們能否堅持廉恥，多以羞恥之心作反思，更加應該辦好教育，教導學子道德情操，社會才會凝聚好的風氣。

劉蓉　習慣説

撰文：蒲葦、陳翠玲

掃碼看視頻

📄 原文

　　蓉少時，讀書養晦堂之西偏一室。俛[1] 而讀，仰而思；思而弗[2] 得，輒起，繞室以旋。室有窪徑尺，浸淫日廣，每履之，足苦躓[3] 焉。既久而遂安之。

　　一日，父來室中，顧而笑曰：「一室之不治，何以天下國家為？」命童子取土平之。

　　後蓉履其地，蹴[4] 然以驚，如土忽隆起者；俯視地，坦然則既平矣。已而復然，又久而後安之。

　　噫！習之中人甚矣哉！足履平地，不與窪適也；及其久而窪者若平。至使久而即乎其故，則反窒焉而不寧。故君子之學貴慎始。

📄 內容大意

　　記得讀小學的時候，老師對我說：「你先試着試任行長，做得好的話再晉升你成為班長。」讀完了〈習慣説〉後，我終於明白老師的苦心。

　　故事的主人翁劉蓉年少時，讀書的房間有一低陷之處，每次踩上，都差點要跌倒，但他一心專注讀書，沒有理會，久而久之，竟然習慣了那一處凹陷。

　　他父親來探望兒子，見狀忍不住説：「一間房亦管理不好，以後如何管理國家大事？」於是命人將窪地填平。從此以後，劉蓉踩上的這個地方已然是塊平地，但身體卻自自然然做了避開低窪的準備，要過好一段時間，劉蓉才慢慢習慣。

　　可見，要改一個習慣，殊不容易。年紀大了就更加困難。所以，各位同學，萬丈高樓平地起，如果一開始就養成良好習慣，一定能夠打好成功的基石，做學問其實亦一樣。

1　讀音：fu2〔俯〕
2　讀音：fat1〔忽〕
3　讀音：zi3〔志〕
4　讀音：cuk1〔速〕

▤ 寫作特色

〈習慣說〉藉事說理，先說故事，之後才帶出道理，結構清晰，主旨鮮明。作者先敍述自己小時候讀書的一件小事，見微知著，以小見大。因為是作者的親身經歷，自然更加有親切感及說服力，最後點明了「學貴慎始」，以及養成好習慣的重要，可謂順理成章。

▤ 生活應用

各位同學，如果有部機器，可以幫我們戒除一個壞習慣，你會想戒除哪一個？電玩、晚睡、坐姿不良，還是飯前偷吃零食？要改掉壞習慣，一定要有決心及恆心，如果三兩天就可以扭轉，又怎可以稱為習慣呢？所以一定要給予時間，慢慢糾正，好習慣一定能打敗壞習慣的，加油！

第十章

元明清詩詞曲

馬致遠　天淨沙·秋思

撰文：蒲葦

掃碼看視頻

原文

枯藤老樹昏鴉，小橋流水人家，古道西風瘦馬。夕陽西下，斷腸人在天涯！

內容大意

假如有元曲排行榜，這一首一定是眾望所歸，排名第一。

本曲是馬致遠小令作品中的代表作，元代周德清評為「秋思之祖」。意即只要說起秋天，就會想起這一首小令。

作者具體描繪深秋荒涼的黃昏景象，抒發遊子飄泊天涯的孤寂及思鄉情懷。

首先，「枯藤老樹昏鴉」，作者巧妙地利用三個形容詞形容三個名詞，秋天，比喻人生的某個階段，感覺是「枯」、「老」、「昏」，遊子身居異地，被深秋淒冷的色調影響，自然倍感孤寂。

作者見到烏鴉在黃昏歸巢，聯想到小橋流水人家，就好比對歸宿的想像及嚮往。想起昏鴉都仍有老樹可供棲息，自己卻只能繼續飄泊天涯，不知何年何月才能安定下來。

寫作特色

這首曲最大的特色，就是以極濃縮的字詞，形象化地描繪一個遊子遇上深秋的畫面。作者善用襯托，例如以「枯藤」、「瘦馬」烘托出遊子飄零的身影。最後以夕陽西下，斷腸的遊子在天涯流浪作結，營造空間上極強烈的對比，面對無邊無際的天涯，我們是何等的渺小！

生活應用

曾經留學外地的同學，你們有沒試過有「斷腸人在天涯」的感覺？會否想起「小

橋流水人家」，又或媽媽做的「住家飯」？雖然未必說得上是天下美味，但外國的餐館卻沒有一家能夠媲美。有些事物，要失去了才懂珍惜，正如離家一段時間後，不期然會更想念家中一切。不要緊，同學還那麼年輕，絕對不是「枯藤老樹」，努力打拚，日後就可以建立屬於自己的「小橋流水人家」了。

于謙　石灰吟

撰文：蒲葦、吳曉鋒

掃碼看視頻

原文

千錘萬鑿出深山，

烈火焚燒若等閒。

粉骨碎身全不怕，

要留清白在人間。

內容大意

于謙是明代忠臣，與岳飛、張煌言齊名，三位愛國英雄同樣安葬於西湖，稱為「西湖三傑」。

大家不要輕視詩的力量，有時讀完一首詩，人會慷慨激昂，渾身有力，就好比讀完于謙〈石灰吟〉的感覺。

有一日，于謙無意間看到工匠燒石灰。整個過程好不容易。

首先，靠着工人在深山千辛萬苦開鑿岩石，再經窯爐裏的熊熊烈火焚燒過後，最後才可以用來做建築材料或藥材。他見到石灰粉身碎骨，用以造福人群，就此立志，要終生建立清白的名聲。當然，于謙的目的是激勵自己，生命寶貴，不用學習石灰般粉身碎骨，也可以活得磊落。

于謙寫這首詩時，只有十六歲，年紀輕輕已胸懷大志。他說到做到，長大後當官勤政愛民，兩袖清風。後來發生「土木堡之變」，都是靠他率軍死守京城，才保得住江山。可惜，他之後被奸臣陷害，含冤被殺。他一生廉潔高尚，死後無留下任何家財，幸好，最後他得到平反，得留清白在人間。

寫作特色

整首詩託物言志，詩人借石灰千錘百煉的經歷，帶出勇往直前，不怕艱險的大志向。最後直抒胸臆，「要留清白在人間」一句表明他崇高的志向，鏗鏘有力。

生活應用

各位同學，你們有沒有聽過「勿忘初心，方得始終」？「初心」亦即是你最初追求的夢想、曾經立下的志向。

例如有同學選科的時候，想以興趣為先，但主流價值關心的，卻是將來這個學科能否賺錢，如果因為這樣就選了沒興趣的科目，將來可能會後悔。再說，行行出狀元，科科有精英，有誰真的可以保證修讀甚麼科目，人生會一帆風順，名成利就？同學們要緊記，人生最重要的是志向堅定，努力實踐。

納蘭性德　木蘭花令

撰文：蒲葦

掃碼看視頻

原文

人生若只如初見，何事秋風悲畫扇。

等閒變卻故人心，卻道故人心易變。

驪山語罷清宵半，淚雨霖鈴終不怨。

何如薄倖錦衣郎，比翼連枝當日願。

內容大意

「人生若只如初見」，可能是近年最流行的金句。

這句金句，出自清代才子納蘭性德的〈木蘭花令〉。〈木蘭花令〉是詞牌，另有一副題是「擬古決絕詞柬友」。詞人假借女子的口吻，控訴男人薄情，要跟他決絕。

有人說，初初約會，對方會將所有的優點展示出來。婚後，所有的缺點又會全都暴露出來，只能感歎「人」不對板。事到如今，只能感歎「人生若只如初見」。

詩中描述，如果我們可以回到最相識之時，那有多好？我們本應甜蜜如初，誰知你會狠心拋棄我，就好像秋天對夏天的扇子那麼不屑一顧！明明變心的是你，你竟然隨口說出凡是人心皆易變的負心話。我曾以為我們的情，好比唐明皇及楊貴妃，可是，最終亦是落得分開的收場！比翼連枝，海誓山盟，最終，原來你都不過是一個薄倖郎。

到如斯田地，說無用，怨亦無謂，你還是離開吧。

寫作特色

這首詞善用比喻及對比。比翼連枝，實為比翼鳥、連理枝。出處是白居易〈長恨歌〉中的「在天願作比翼鳥，在地願為連理枝」，於唐明皇與楊貴妃的山盟海誓中，比

喻二人永不分離。可惜最後男的仍是個「薄倖錦衣郎」，海誓山盟，原來都是謊言，對比強烈。

秋風悲畫扇，比喻被棄之不顧。秋涼了，負心人又怎會想起夏天的扇子，曾為他帶來透心的涼意呢？此比喻非常形象及生活化。

📃 生活應用

我們經常說「路遙知馬力，日久見人心」，時間往往是一場考驗，人生若要如初見，並不容易。要長相廝守，自然更難。希望大家讀完此詩，亦能學會彼此念舊，珍惜眼前人。

納蘭性德　浣溪沙・誰念西風獨自涼

撰文：蒲葦

掃碼看視頻

📑 原文

誰念西風獨自涼？蕭蕭黃葉閉疏窗，沉思往事立殘陽。

被酒莫驚春睡重，賭書消得潑茶香，當時只道是尋常。

📑 內容大意

　　清康熙年間，納蘭性德的妻子盧氏病逝。兩個人原本志趣相投，非常恩愛，可惜婚姻只維持三年。納蘭於詞中悼念亡妻，感情濃烈，既懷戀，亦追悔。

📑 寫作特色

　　詞先寫悲景。秋風冷，寒意襲來。可有誰惦念？俱往矣，如今只係獨自淒涼。夕陽下，遙想往事，思憶茫茫。

　　往昔妻子猶在，生活何其美滿動人。例如自己在春天喝多了酒，睡意濃濃，妻子為怕驚擾，動作說話都是輕輕的，比喻妻子的照顧無微不至。又如夫妻以茶賭書，互展才情，指出文句出處，看看誰對誰錯，滿室詩情雅意。

　　沒想到，好景如此短暫，「當時只道是尋常」，以為兩口子這種歡樂的日子仍多着呢！身在福中不知福，到如今，一切已成夢幻泡影。

📑 生活應用

　　各位同學，有時想到我們和某些人的經歷，只是日常生活的小趣事，總令人覺得很平常。但平常亦非必然，想再重來，亦不一定能如願。

　　當我們要懷念一些美好的人與事，或者追悔當時沒加珍惜，就可以引用「當時只道是尋常」，以表示人生之無常，或人事之不可控制、人力之渺小等。

　　也許，經歷多了，才會發現最快樂、最幸福的日子，原來是最尋常日子。甚至有一天忽然發現，最應該珍惜而最沒有珍惜的那人，就是身邊的那一位。當時只道是尋常，其實不是，原來那些年，已經是最幸福的日子。

統　　籌　陳鳴華　周　晟
責任編輯　鄭樂婷　洪永起
校　　對　江蓉甬
書籍設計　CCJUN
排　　版　CCJUN
印　　務　馮政光

書　　　名　香港中小學中華經典詩文多媒體課程——視頻篇
編著、主講　蒲　葦
視 頻 製 作　Pepper Up Public Relations Limited

出　　版　聯合電子出版有限公司
　　　　　香港九龍長沙灣永康街 77 號環薈中心 10 樓 1015 室
　　　　　電話：2597 8400　傳真：3188 9093
　　　　　電郵：suep@suep.com

　　　　　香港中和出版有限公司
　　　　　香港北角英皇道 499 號北角工業大廈 18 樓
　　　　　http://www.hkopenpage.com
　　　　　http://www.facebook.com/hkopenpage
　　　　　http://weibo.com/hkopenpage
　　　　　Email: info@hkopenpage.com

發　　行　香港聯合書刊物流有限公司
　　　　　香港新界荃灣德士古道 220 - 248 號荃灣工業中心 16 樓

印　　刷　美雅印刷製本有限公司
　　　　　香港九龍觀塘榮業街 6 號海濱工業大廈 4 字樓

版　　次　2021 年 7 月香港第 1 版第 1 次印刷
規　　格　16 開（180 mm×230 mm）
國 際 書 號　ISBN 978-988-8763-36-8

© 2021 Hong Kong Open Page Publishing Co., Ltd.
Published in Hong Kong